钓鳌宫

JASON'S

张宸鸣 —— 著

Collection of
Fantastic Tales

蝶化庄生的浮世绘

北京日报出版社

图书在版编目（CIP）数据

钓鳌宫 / 张宸鸣著. -- 北京 : 北京日报出版社, 2019.5
　　ISBN 978-7-5477-3244-1

　　Ⅰ. ①钓… Ⅱ.①张… Ⅲ. ①故事－作品集－中国－当代 Ⅳ. ①I247.81

中国版本图书馆CIP数据核字(2019)第034067号

钓鳌宫

出版发行：	北京日报出版社
地　　址：	北京市东城区东单三条8-16号东方广场东配楼四层
邮　　编：	100005
电　　话：	发行部：（010）65255876
	总编室：（010）65252135
印　　刷：	河北盛世彩捷印刷有限公司
经　　销：	各地新华书店
版　　次：	2019年5月第1版
	2019年5月第1次印刷
开　　本：	880 毫米×1230 毫米　　1/32
印　　张：	7.5
字　　数：	200千字
定　　价：	46.00元

版权所有，侵权必究，未经许可，不得转载

卷首语
炸鸡和炖人参

　　看到我了吗？太好了，你别急着走，我要和你聊聊。关于花开不谢，关于缄默不语(后两句话源于一个叫张艺樘的家伙，我觉得他是个批判者，对于他，我坚信引用比感谢更实在)。

　　相信我，如果你抱着读书就是为了学习的目的，那么这篇卷首语才是全书最有营养的部分，我见过一些人高举纯粹文学大旗口中却喊着："万劫不复"，若是这种人读我的书，我会建议他读完开篇后把书扔进垃圾桶。

　　只求他们这么做了别让我知道，感激不尽。

　　你没准好奇我为什么用这个卷首名，害得你恍惚间怀疑自己打开了美食专栏，哀挠自己正在燃烧的买书钱。

　　这里的"炸鸡"和"炖人参"，其实是我对于文学作品的理解，在我的眼里作品只分为这两类，在给你解释这两味小食之前，我会先告诉你这本书是我眼里的"炸鸡"。

　　你作为一个会花钱买书的人，必然有一颗机智的小脑袋，聪明得仅在我的只言片语间就明白了我想表达的意思，你念叨着"炸鸡"，然后猛的一拍大腿，心说："Old sport！我懂了。"

　　那可太好了，我喜欢你。

记得我念小学的时候陪长辈去吃席，席间服务员端来一盅热汤，我打开盅盖，发觉这汤清寡如水，且没有肉食，当时我就十分郁闷，觉得主人家有些小气。

这时旁边的长辈们说这是炖参汤，极补，说罢他端起汤呷了一口，就见他半迷着眼睛，仿佛灵魂被抽掉了一坨，过了半晌才意犹未尽的睁开眼，再次强调："极补，极补。"

我看他这样，对补效倒没什么兴趣，只是心想这汤没准很好喝，也将信将疑的喝了一口。

兴许是我没这品味，或是这厨子状态欠佳，至今我都记得这东西的味道，真是难喝到了极点。

但是周围人只一个："补"字，便把人类对事物"味"的追求弃之不顾，让年幼的我难以理解。

后来我发觉，这世间我遇到的人，无论是否喝过人参汤，一提人参他们脑子里闪过的第一个念头皆是补字。

无一例外。

难道真的没有人觉得这个东西很难吃吗？那时我时常这么想。

其实，我真正说的东西其实颇有一番羊里藏象的意味，我把它们包裹在炸鸡和炖人参的表象之中，祈祷着我心中的读者能看透这层意思。

那么炸鸡呢？我还发觉在我认识的人中，无论是大人还是孩子，大多数人都知道炸鸡这种食物并不健康，不管他是否喜欢吃。

我曾亲眼所见，补习班里一个同学说自己父母出差，所以他三餐只吃炸鸡汉堡，结果两周之后再见之时，我竟没有认出他来。

我渐渐发觉，一个厨师无论把炸鸡做得再美味，也无法摆脱这种食物不健康的头衔。

相反，一农妇，拿一破参，随手扔锅里一煮，这就是补药。

世人皆认可这个事实。

就算是米其林大厨炸的鸡，也终不敌那农妇的小煲(从营养来说)。

如此道理，好些作家却没明白，他们失去了一种叫自知之明的东西。

他们称自己的炸鸡味道好，所以营养高。

荒谬绝伦。

我如何以炸鸡和炖参区分一本作品涉及我对"文学"二字的理解。

尽管百度已经把这两个字解释得清清楚楚，可我还是想要老生常谈。

我所评判文学价值高低的标准，即是"变心"的程度。一本文学价值高的作品，让你大为变心，从而使得你思考问题的角度得带有批判性有价值，就好比我看完《千夫所指》后，对于网络舆论一边倒的东西产生了怀疑，当所有人通过网络对着一个人骂，在毁掉这人一生的同时，我会思考："这人真的该受到这种程度的惩罚吗？"。

答案惊人的相似，他仅仅是做了一件很小的错事，无论这件事看起来多么气人，但是他不至于因此失去工作，更不至于失去生命。

我至今仍然坚定的认为，《千夫所指》一书带给我的思想，是有益于社会和他人的，我改变了最开始那颗在键盘背后往死里骂的心，那颗恨不得让他当场死亡的心。

这类书就是炖人参。

而另一种小说，只为追求轰炸多巴胺受体，图的就是看着好玩，这类是炸鸡，比如我的这本书，我从来不否认一些网络作者高超的功底，甚至从心底感慨这家伙堪比米其林大厨，正如我喜欢南派三叔，痴迷程度不必多说。

但这不影响我喜欢太宰治，海明威，狄更斯。

我们需要炸鸡，也要参汤，无需对立。

一个作者，如果选择做炸鸡，那么就得接受一个事实：营养尚缺。

无论做得多好吃，如果他坚持强调自己很有营养，那么我也不否认，因为我亲眼看见那家伙胖成了球。

吃两周炸鸡会胖成球，而读一辈子的 yy 小书却不会有任何外形上的变化，这才令人悚然。

不过在这里，我特别排除金庸这类人，他们并不是做出了比炖参还有营养的炸鸡，而是同时给了你炸鸡和人参。

我并不是因为金庸成名而马后炮，确实如此，他写的东西雅俗共赏，文学与逗乐齐飞。

仔细想想，最初读完金庸后那份澎湃的侠义，不正是朝着助人为乐等方向的"变心"吗？

这类大家，他们写作能注意到这些东西。

真的是刻意注意吗？可能不是，必须承认，他们提笔一写就成了这样，浑然天成。

说了这么多，我要来说说这本书。

无心之举。

史蒂芬·金是我个人最喜爱的作家，他的代表作《肖申克的救赎》《闪灵》，两本书风格截然不同，一本是炖参的制高点，一本是炸鸡先驱。

这是我最认可的一种作者，而也是我理想中的自己。

所以我在炖人参的同时也时常做着炸鸡块来解馋，只是我没想到事实变成了这样。

你可以想象，我在家里炖着汤等待客人，可是这位可爱的客人迟迟不来，于是我便炸了些鸡块自己吃，好巧不巧，敲门声响起。

客人走近家门，我还来不及说话，他们就看见炸鸡，高兴的说道："你真客气。"

看他们大快朵颐，我苦笑着说："我只是随便炸的……"

"哪里哪里，挺好吃的，比德克士还好吃。"

"真的是随便炸的……"

我看着锅里的汤，还有已经吃饱的客人，无奈地关掉了火。

写这篇自序，目的在于把我眼中的文学告诉读者，人类需要炸鸡，也需要参汤，无论是哪一种食物，把他们做好（特别强调，是做好）的人都同样伟大。

最后，我要感谢几个人。

我的第一个书迷——邱海洋。

这本书的最后一个故事《窃叹的房间》是献给他的，这个故事我几乎没有修改，始终是他第一次看到的样子。

一直期待我的书上市的人——汲依霖。

对这个漂亮女生我感到包袱很大，我认识的同龄人中她是最爱书，也是最喜欢看书的，眼光十分毒辣，对于这本书，希望她不会太失望。

南京大学袁勤俭教授。

他希望我写出有深度,有价值的好东西,在看过我的历史题材后给了我鼓励,并和我讲了很多十分有价值的东西,改变了我很多思想。

南京大学徐兴华博士。

我见过最博学的人,我被他的个人魅力深深折服,曾经为我的小说《穿孔屋》作评,我至今保留着这段话,这是我的宝贝。

南京大学李亚茹导师、王雪芬导师。

无需多言,你能看到这本书最少有她们一半的功劳,这两个人很温柔,我很喜欢。

最后是看到这句话的你,这本书在你手上意味着你请我吃了一顿,我这种饕餮之徒最记一顿饭的恩情,请让我把本书比作一杯酒,来,干了这杯就是兄弟。

——张宸鸣

目　录

God 2	1
"它"的国	11
勇者救恶龙	39
死友将至	57
Supreme	73
馋虫案	83
明天来人	103
嗒声之心	129
花家有佛	135
窃叹的房间	157

God 2

那时候我并不知道他是上帝，甚至没有惊讶为什么他能浮在空中，因为我实在太小了，还没有断奶，我的指甲就像鲫鱼的皮肤那样柔软，我把稚嫩的手伸向他，就像米开朗基罗画的亚当那样，我渴求力量，渴求智慧，渴求对这个世界有所了解，就像每一个新来到这个世界的孩童一样。

那为什么在19年后的今天我想起了这件事？而且我清楚地记起了他说的话。对了，一切都能够解释了，过去的19年的生活，从平淡无奇一步一步地迈向现在的极端，都能够解释了。

"我送你一份礼物，你的人生将有准确的数学标准，我送你数字2，而发挥却要看你自己。"这是他给我说的话，直到今天，我的智商达到数十位数，我才能回忆起这每一个细节，他说话的语气，他的相貌，他发白的皮肤，和他头上的光圈。

我到6岁还不会说话，此刻的同龄人已经可以学算数，可以写字，甚至弹琴或者拥有一两项特长，我最强的技能则是独立上厕所，这已经是我的父母花费了极大的心血换来的成果。这个阶段我称为2＋2，我不知道算出来的4有什么用，衡量什么，但是周围的人对我的称呼无非是傻子、蠢蛋等字眼，我的智力水平确实要低人一等，那时候我对于世界的认识止步于吃饭和如厕两个点，就连父母我也难以辨识。7岁的时候我陪妈妈去庙会,被拐卖儿童的人贩子掳走,两天后他们把我扔到大街上,可能是我难以脱手还比较能吃。

当我被父母找回的时候,我只觉得眼前这两个人曾经见过,然后他们把我带回了家,我的妈妈给我做了我最喜欢吃的烤年糕,然后抱着我痛哭。正是她的眼泪,让我的数字标准有了新的变化,这一次很走运,母亲的爱很真切,很温暖,暗淡了上帝无聊的玩笑,这次的2是平方,$4^2=16$,我不再是一个彻底的弱智,终于在历时7年后,在全家人的努力下,我荣幸地成为了一个低能儿。我学会了抄课本,学会了简单的日常用语,我能表达自己的冷暖饿困,最让我自豪的是我学会了自己花钱买零食了。

那时候我在上小学,我还记得我的班长叫霓昊,欺负我是他的乐趣之一,有时候我用来买零食的钱会被他借走,妈妈以前告诉我借东西是会还的,所以我从来不着急,只不过他会时不时找一点理由打我,我的神经并不敏感,他打我的时候我不痛,既然不痛我也不会很在意。当时班上有个女孩给老师说过他们欺负我的事,老师也说了一些关于维护我尊严的话,但是尊严这个东西看不见、摸不着,对于那个时候的我实在是虚无缥缈的,我也确实不在乎,一个人身上最不值钱也是最值钱的就是尊严,而我的一定是最不值钱的那一种。

反倒是那个女生,因为帮我说话,我感到了她和别人的不一样,我一直很喜欢她。

又一次数值变换是在5年级下学期,那天中午我的口袋里放了5块钱准备去买一个汉堡,汉堡摊的老板是一个中年阿姨,她知道我不认识钱,所以不管我给她的是一块钱,一毛钱,她都会给我一个汉堡。那天,我看见我的班长正在向她要钱，但是我没有听见他说借，他的身边还有一群学校里最厉害的人，他们的胳膊上贴着一元钱一板的纹身贴，像极了电视里的坏蛋。最后我听见卖汉堡的阿姨说要打电话叫警察，他们就一哄而上把她打了一顿。我这一次感到了难过，我难过并不是因为阿姨被打，因为我知道被打是不痛的，我难过的是我吃不到汉堡了。

因为第一次有了难过这种感情，我的大脑受到了冲击，我的那个数值加了2，$16+2=18$。

不过这并没有什么用，唯一有点改变的可能是我开始意识到打架这件事并不是好事。

到了初中，他还是我的班长，我们按照片区分班，又分到了一起。他确实能言会道，在老师要我们自我介绍的时候他遮住了肩膀上的纹身，说了一堆我听不懂的话，老师很喜欢他，就又让他做了班长。

同一年，我很喜欢的那个女生分到了我的隔壁班，她是她们班的学习委员。因为她越来越好看，她的身边总会有从楼梯拐角处、操场小树林跑出来送情书的男生。

我第一次目睹这件事的时候，我吃醋了，这是我活了13年感受到的最痛苦的感觉。这一天，我偶然得到了乘2，$2\times18=36$。36，可能已经是正常人了或者高于正常人，但是高于的那一点并不会让我突出。

那一年，我学会了新的东西——感情。也获得了作为一个人最宝贵的东西，尊严。我开始感受到了这种摸不到的东西，我的爸爸妈妈欣喜若狂，因为他们发觉和我的交流再也不需要像和小孩说话那样连骗带哄，甚至发觉我时不时会说出更加有深意的话语。我开始爱上书本和健身，我没事就会读书，因为我爱上并且坚信这种摸不着的东西是真正存在的，第一次接触这种新的世界，难免不兴奋。

我的坚持让我的体态得以改善，我也不再留恋汉堡，我开始注意饮食搭配，同时我开始喜爱力量。

但是班长一直是我的阴影，我从来不敢正视他的眼睛，在我看来他是那么高大，如此凶狠。为了不在女生面前失态，他对我肢体上的侮辱少了很多，但是嘴巴却从不停歇，他每天都讽刺我的相貌，我的身材，我的家庭。这让有了尊严的我，倍感难受。

我的成绩开始好了起来，初二那一年我们开了一门物理课，我的成绩拔尖，老师拥护我，他也不再老是找我的麻烦，但是我知道他是打心眼里看不起我的。我也仍然害怕他，怕他找到理由就打我一顿，但是这个时候我没有注意，我的手臂已经开始变得粗壮，我的胸膛也变得比同龄人更挺拔，而班长对此的解释是傻子长肉快。我知道，他的心里，我还是那个傻子。

我喜欢的那个女生，学习是年级第二，我不敢和她说话，这是自卑吧，应该是的。

就这样，到了高中我避开了所有人，到了一所谁也不会认识我的高中，我终于体会到了正常人的生活。

我把人比作1，一般人努力，会变成1.4，再努力会变成1.8，世界上那些拔尖的人他们是3，或者5。而我，无论如何努力，只能从1变成1.01，如果不努力，则会从1变成0.2。我的进步空间很小，但是倒退空间很大，我的物理成绩也变得一塌糊涂，我不知道为什么会这样。

我了解到我的班长成为了市里有名的混混，但是他的学习成绩也非常突出，他们说他是黑白两道通吃的老大哥，我也跟着他们称呼他为大哥。他和我不在一个学校，但是回家的时候偶尔会遇见，这个时候他已经不屑于欺负我来获得成就感了，他看我就像看垃圾一样，我却很满足他不再骚扰我。

那一年，那个女孩死了，我千方百计地找到了她的父母，却在要说出点什么时哭着跑了，我的数值很久没有改变了。

上一次改变，是高二下学期，我已经成为了学校的垫底学生，老师同学都不喜欢我，他们说我性格暴躁，有暴力倾向。那天没有任何理由，我就在食堂吃着烫菜，想着游戏。然后数值变了，$2 \times 36 = 72$。

我的人生开始改变，这一次改变是惊人的。我的大脑机能远远高于常人，我一度觉得我是这个星球上最聪明的生物。

我能看见空气流动，感受新陈代谢，数学运算的数字也大得夸张。那一次月考我考了650分，因为对于外界来说，750分实在太过夸张，我希望低调，我渴望安静的生活。

我精于情感，他们想的事我能直接感受到，他们在心里默念的声音会直接在我的脑中响起，我也凭借这一点找到了很多交心的朋友。一些虚假的，比如有一次一个同学说我是他最欣赏的人，而他心里想的却是考试要坐在我的旁边，这些人我总是敬而远之。

那一次回家的路上我又遇见了老班长，他看我的眼神还是像看垃圾那样，而我却用同样的眼神回敬了他，他可能感受到了我的不同，饶有兴致地拦在我的面前，没等他开口，我就轻松地把他举了起来，我的臂围已经快接近50了，他不是没意识到，而是他从没想到这个傻子敢对他做出这样的事。我把他按在墙上，盯着他的眼睛，读取他的心理活动，根据他的心理，我说出了应景的话，他吓得不轻，但是我没打算就此放过他。也许同学们说我有暴力倾向是真的，我也是第一次感受到这种倾向埋藏在我心里的什么地方，我把他的各个软组织挫伤，把他的关节扭错位，在我看来他不再是一个完整的人，而是一堆零件拼起来的模型，而我很享受把这些零件还原的快感。

　　他瘫在墙角，我告诉他不要害怕，我叫人来救他，我叫来了他曾经带领的那一帮混混，给了他们一人1000块，让他们羞辱他，最后把他当成气球踢来踢去。

　　我通过炒股赚取了千万的家产，我的父母只差在家里修一个神台把我供起来，我很爱他们。我还给那个我曾经很喜欢的女孩父母匿名邮寄了100万，他们一开始茫然地打电话向记者求助，最后找不到赠款人，也就不了了之了。

　　这是我到耶鲁大学的第三天，我们班有一个中国女孩，她穿着很朴素，甚至有点土，但是她长得很像我最开始喜欢的那个她，我已经感受到了某种冲动。这一次我有的是自信，我带她到山坡上，控制蜜蜂拼成各种图案，我在系里的教授面前表演惊人的数学技巧，我用100万给她买一身衣服首饰。

　　我们恋爱了。

　　最后一次改变是一天前，我和她正在日落街购物，一队暴徒挟持了我们当人质，最后警察来了，其中一个年轻的新警员不小心走火，引发了两边的激烈枪战。我看见空气中一颗子弹的轨迹最终会直插她的心脏，如果我用全力跑过去可以用头盖骨替她挡下。

　　最终我就这么做了，我也没有死亡，但是也差不多了。我被确诊为植物人，还是永远好不了的那种，这一次我的数值变化了，2变得很小，跑到了左下角，2的72次方。

　　我可以直接通过我的思维和外界交流，甚至可以直接入侵

一个人的意识找到一个新的身体,可是我觉得,这样就好,因为我可忙了。就在昨天,我找到了一个孩子,我告诉他:

"你的人生,和2有关。"

【不净年】 "它"的国

——在"它"所构建的社会里,人类并不以出身的显赫、金钱的多少,再或者是容貌的美丑来决定社会地位,而是靠随机数。

"我是两万，正好是两万。"小巫的眼里饱含热泪，这泪水中涵盖了委屈、感动、救赎，还有些一夜暴富后的狂傲。

她确实不算是一个突出的女孩，无论是相貌还是成绩。

她曾经想过去整容，开眼角，垫鼻梁，再丰个下巴，等到地方一看费用要 10 多万，不巧她所在的家庭绝对拿不出这么多钱。

但是现在。

两万！她正好是两万，除了数字大，还是个整点数，这代表了她下半辈子基本上不用愁了。

1

人类是很优秀的物种，可惜在和"它"斗争中落了下风。

我不是在卖关子，只是我身份太低微，没有资格知道"它"到底是什么，偏偏"它"的影响力却无处不在，就连现在的整个人类社会都笼罩于"它"的阴影之下。

作为那件事的亲身经历者，我还记得"它"到来的那一天发生了什么。

最开始有这么一条新闻，内容是闹市区的商业街，一个女孩突然受到了一种奇妙的力量影响，看起来就像周身的重力都反了过来，众目睽睽之下她先是双腿微微离地，像宇航员那样漫无目的地飘浮，从旁人录制的视频中可见她手脚胡乱地抓捏，试图找到一个着力点。

视频中有一个大叔，试图把她拉回地面，但是这种力量就仿佛一个固定值，她与地面的距离死死地固定在一个平面上，就好像踩住了一块透明的有机玻璃。

她就这么停留在空中，一脸慌张地看向摄影师的镜头。

很快警察来了，消防也来了。可还没等他们部署救援计划，这个女人身上的力量就突然变得具象，与之前那种漫无目的的发力比起来，这一次"它"似乎明确了自己的方向，并以飞快的速度把这女人拉向了天空。

她就这么哀号着在众人的视线里越变越小，然后被这苍穹吞进了云雾之中。

2

事情发生的第二天，各国政府共同宣布"它"来了。

而对于"它"是什么这个问题，不管老百姓再怎么好奇，上头的口风都十分的紧，看发言人视死如归的架势就知道，就算我们拿根撬棍往他们嘴里撬，也得不到一丁点消息。

这个消息就像一阵妖风，可谓一石激起千层浪，一时间各种民间团体粉墨登场，各种精神病都跑出来大散谣言，就连出版商和最权威的报社都开始报道一些瞎话。

民间有很多猜测,有一些很有见地,听起来很像那么一回事,对于那些官员暗中勾结的场景描述,生动得就像是他亲眼看见了一样,什么阴谋论或者预言之类的说法也不胫而走,搞得人心惶惶。

其实"它"的造访,在最开始看起来还是很友好的,它们所具备的那种神秘力量对建筑学的贡献可谓是颠覆性的,媒体也时常宣扬着一些言论,每天都会提到类似多元、果核宇宙,以及共和之类的热词。

可俗话说得好,一说知人知面不知心,二说无事献殷勤非奸即盗。

单冲着"它们"一来就整死个人这事儿,怎么看也不像是善茬,再加上那些高官发言时不小心说漏嘴的只言片语,人们都感觉到了"它"一定是有野心的,反正不是来这里积德行善。

果不其然,随着时间的推移,关于"它"的破事被报道得越来越多,负面新闻层出不穷。

民怨沸腾,却也就只能沸腾。

在这种危急关头,人们感到了前所未有的压力,希望有个什么部门能出来管一管,可偏偏那些人类首脑却熟视无睹,既不在第一时间还击,也不在之后做出什么管束,仅是把立场再三改变,政策一放再放。

慢慢地,人类感受到那个"它"好像成为社会越来越重要的组成部分,虽然我们普通老百姓还是不知道这个"它"到底是一个什么玩意儿,但是感觉上这东西就像你我身边的空气,看不见,摸不着,可要说起来要是空气有意识,你的小命能不能保住还得看它的心情。

就这么过了几年,人类的精神已经不足以维持最开始的初衷，思维和生活方式多少按照"它"预期的那样发生了变化。

这一天，"它"突然宣布要发动政治改革，并由自己来决定整个人类社会的资源分配。这个时候，人类已经发觉自己翻不了身，据上面的人透露如果要打仗的话结果也太明显了，与其白白送人牺牲，还不如就这样，毕竟这是为了给人类带来终极幸福，就算我们现在理解不了，在千百年后这件事也会被后人所赞颂。

没有人造反，我们就像温水里的青蛙，想要跳出去的时候发觉自己已经沦为餐盘上的点心，大家默认了这个决定，小孩子更不会问为什么，因为他们觉得理所当然。

世界格局变了。

有插画师给"它"画肖像，一开始画得像克苏鲁，触手胡须粘液，还有一双墨绿色的眼睛。

后来有人反驳，说能统治世界的生物应该依靠非常的智慧，而不是触手数量。

然后插画师纷纷倒戈，画起了大脑袋和小胳膊。

这也成为广大群众所理解的"它"，我就是这么理解的。

3

在"它"所构建的社会里，人类并不以出身的显赫、金钱的多少，再或者是容貌的美丑来决定社会地位，而是靠随机数。

政府会从一到无限大之间随便抽一个给你，有可能会抽到和别人重复的，总之数值越大社会地位就越高，不看其他任何条件。

单是这么看起来，抽到大数字的概率并不小。但是从政策出台以来，人类抽到的最大数字仅仅是860万，在这个无穷的数字海洋中，这个值只是沧海一粟，小到不能再小。

不过就算能看到这一点，大多数普通人抽到大于8000的数就该偷着乐了，能抽到5万以上的人，全家老小这辈子都衣食无忧。

还有一类人特别抢手，就是整点数，如1万整、两万整，整点数除了数值比较大，而且可以作为一个度量尺，用来衡量社会资源分配。

比如一个公司的上市经理，抽的就是1万整。

那么总经理就得是3万以上。

所以自从我的朋友小巫抽到两万的那一刻，她知道自己的人生已经改变，长得丑又如何？人缘差又如何？家里穷又怎么了？老天爷虽然在前半生关上了她的大门，却在后半辈子掀了她的屋顶。

"老张！你绝对猜不到我的数字是多少。"电话里小巫的语气很难形容，有种哭笑兼备的怪诞感。

"6500？"我道。

其实6500在某种程度上已经成为现代社会的一个意会词，就好比以前人常说："你给我两口酒喝，拿过来给我看两下。"这里的"两"字基本上也就等同于一些、一会儿的意思。

在猜别人抽到的数字时，6500是一个很标准的答案，很讨巧，最起码不会让别人讨厌你。

"嗯……你这个滑头，"果然小巫不太买我这个账，她接着道，"今天晚上，地方你挑，要最贵的餐厅，最奢华的酒店，我们秉烛夜谈！"

"它"的国 | 17

4

"两……两万？"听见小巫的数字，我惊得下巴都要掉下来了，不由得看向眼前的红酒，心底暗自后悔怎么没给它多加几个年头。

有时候这种制度真的很奇怪，曾经看过新闻报道说一男的在抽号之前对女神百般示好，豪车别墅送上，还扬言愿鲜衣怒马陪她看烈焰繁花。

可是女神呢？说自己不是物质的人，追求诗和远方，要做孤独的灵魂，独自看遍世间真挚的美好。

那个男的听见了很难过，觉得这女神真的不是一般人，这种东西摆在面前都不心动。

结果过了几天这男人去抽号，抽了个18000，女神知道后也不顾那些美好了，成天追着人家屁股后面跑。而这个时候男人看清女神的真面目，知道她看中的不是相貌、金钱这种小的表面，而是数值这种大表面。

看清这一点，男人对她瞬间没了兴趣，说了几句重话。

这几句话像刀一样剜在了女人心上，狠狠地伤到了她的自尊，于是她也决定去抽号，这一抽更是了不得，居然抽到了25万，新闻轰动一时。

这还不是新闻的最高潮，更有趣的是这个男人看见了新闻又开始追求女人，最后还成了一对。

这件事虽然是个笑谈，但是从侧面已经反映出数值这个标准已经代替过去的金钱、相貌等成为人们择偶或者工作的最大度量尺。

甚至有人编出来一个顺口溜："号小富富一时，号大穷跟一生。"

不过就算如此，这个社会上还是有一群人不愿意接受这个规则，这些人多半原来就是达官显贵，根本不愿去冒这个险，他们觉得自己的价值并不会随着这些外在的数值有什么真正的改变。

这群人被叫作落道者。

可是渐渐地落道者们发现，自己有钱都找不到地方花了，餐馆进不去，出租车不准打，就是去个理发店也要求数值超过1500。

曾经颜值还能起点作用的时候，也有很多人说追求心灵美，没那么注重外表。

正如现代社会很多人嘴上说自己并不看中数值，事实上他亲眼见到一个数字破了10万的人后，紧张得连话都说不利索。

大众也总是更青睐数字大的人，就连坐牢判刑和食堂打饭，前者少坐几月，后者多得几勺。

5

看着眼前的小巫沉醉在对自己未来的憧憬之中，我心里有些不是滋味。

因为我的姐姐是一个落道者。

她算是一个伪落道者，因为她是抽过号的，她抽的号是多少我并不知道，反正地方新闻没报道的都不超过1万。

她也从来不跟我们提起她的数值，只是一个人默默地在夜里哭泣，我知道她这是数值太小了。

有些人抽到个位数，抽完号那一瞬间人格就已经丢失了，出门的时候，抽号的工作人员都直接把他们踢出门，嘴上直说真晦气。

我的姐姐虽然不至于小成这样，但是应该也大不到哪里去，我在心里合计她也就是七八百的样子。

我这么猜是有真凭实据的，有一次我和她出去吃饭，她看见饭店旁边有一个牌子用偌大的红色油漆写着：数值1000以下不能入内。

当时我姐姐情绪波动很大，尽管看起来没什么，但我知道她的内心一定很难受，她的嘴唇都颤抖了起来。

"我们回家吃。"

现在我每想起这一幕都心碎不已。

而且因为姐姐一直隐藏自己的数值，父亲单位发的一个奖金申请表上需要填写一家人的数值，父亲也没有填，导致他工作被降职，在办公室里被人冷眼相看。

正因为这些事，父女两人中间有了很多隔阂，久而久之竟演变成了一些言语和肢体上的冲突，最后竟直接成为了家庭暴力。每次姐姐都被父亲打得遍体鳞伤，这种时候她都默默地忍受，表情淡然得如一汪秋水，我知道她忍受这些是为了什么。

母亲离世前对她说了最后一句话："要团结这个家。"

现在我每天都要想一百遍：要是我们家能有一个数值上万的人该多好。本来我们也算是小康家庭，中产阶级，现在变得像一个乞丐世家。

6

和小巫吃完饭，我一个人走在回家的道路上，没走多久天空就飘起了小雨。

我心里很不痛快，想着别人都过得这么好我怎么就变成了这副田地。心说小巫现在刚抽到号心境还没有转变过来，还认我这个朋友，要是等她真的明白了自己现在是什么样的身份，肯定也会慢慢地疏远我。

一想到这点我的心就隐隐作痛，任由雨点拍打在身上，把脚底用足狠劲埋头奔走，仿佛在和自己不争气的命运做斗争。我越走越快，雨越下越大，视线也因受到泪水的影响，变得模糊起来。

就在我经过一个巷口时，突然有个穿黑色雨衣的男人一把拉住了我，他个头很高，力气也很大，没等我反应过来就被他一下拉了过去，我心说不好，刚要张嘴喊救命就被他的大手捂住了嘴巴。

他凑近我的耳朵边说道："你不要喊，我又不是什么坏人，你只要听我说一句话，说完了就放你走，明白就眨眨眼。"

我急忙照做着眨了两下眼睛。

他见状从怀里拿出了一张塑料卡片放在我的兜里，说道："我们能帮你篡改随机数。在你现在的基础上每加1万收费5万块钱，你自己掂量。"

说完他没有就这么放我走，而是拿出一个黑布条蒙住了我的眼睛，我心里正纳闷，突然感觉到屁股被踢了一脚，紧接着重心不稳摔倒在地。

等我爬起来取掉眼上黑色布条的时候，人已经不见了。

7

回到家，刚打开门就看见老姐坐在沙发上看电视，与其说是看电视还不如说是盯着电视发呆，不知道在想些什么。

这个人为家里付出了这么多，为公司贡献了如此优秀的业绩，最后却成了这种魂不守舍的样子。

我心里发酸，眼泪差点再次涌上来，我强忍住泪水对她说："姐，我回家了。"

她没有反应，过了好一会儿才把头转向我这边，木讷地问我："你觉得这个制度真的能抹杀一个人的价值吗。"

"能，"我回答道，"但是抹杀不了你的价值。"

不知道为何，她听了我这句安慰的话反而有些失落，她拿起一个苹果削了起来，一边削一边问我："小巫的数值出来了吧？"

"出来了，4000多。"我说道。

她听见这句话，意味深长地看了我一眼，摆了摆手说："累了，休息。"

我克制着情绪走回自己的房间，从怀里掏出了那个黑衣男给我的卡片。

这个卡片设计得很简单，通体白色，广告言简意赅。

正面写着：改数值。背面是一个电话号码。

我不能让姐姐再这么消沉下去。

命运对我们够不公平了，这个电话我一定要打，数值也一定要改，倾家荡产都得改。

我按照卡片上的号码拨了过去，几个忙音之后，电话通了。

"喂。"对方是一个甜甜的女声，并不是那个黑衣男。

"你们真的能改数值？"

"能的，你把你的名字和身份证号给我，我们先送你一个见面礼。"

这个时候我的心意已决，也不管对面是不是骗子或者有什么所图，只把身份证号报了过去。

"收到了，明天早上你查一下你的数值，我们先证明自己的能力再和你详谈，来日方长。"她说完这句还没等我回话就把电话挂掉了。

8

第二天早上，我起得很早。其实是一夜没能睡好，一起床就冲到电脑面前登录了数值查询网，等我把一系列信息输入进去以后我竟发觉我的数值提高了50。

这50的数值可比高考的500分还要值钱无数倍呐，我做梦也没有想到他们竟然真的有这种神通。

我激动地重拨了这个电话，和上次一样，两个忙音以后接通了。

"您已经查过了吧？"那个甜甜的女声问道。

"查过了，这也太……"我一时语无伦次，激动得卡了壳。

"您也别激动，我们的数值并不是能随便改的，要有一个前提。"

"什么前提你说！钱都不是问题。"我难得豪爽地说出这种话。

"第一，如果别人已经见过你的数值，那么我们只能做不大于1000的改动，让你进一些最基本的生活设施。第二，如果你要进行上万的改动，只能是一个别人从来不知道你的数值的人，要么是落道者，要么是从来没有公布过自己数值的人。"她说到这里，我的内心狂喜起来。

"对对对，我要改数值的人就是一个从来没有公布自己数值的人。"

"那么您怎么知道她数值很小呢？"那女人问我。

"不会错的，她是我的姐姐，我们一起生活，我心里有数。"

"那么你准备给她加多少？"

我看向衣柜，那里面有母亲离世前给我留的30万房款首付……

9

钱打过去以后，我的心情变得十分愉快。其实我和父亲的数值不算太低，只是正常人。如果姐姐一下子变成6万多，那么我们也能跟着享福，生活一下子就能发生翻天覆地的变化。

想到这里，我哼着小曲走进了客厅。

姐姐看见我这么嘚瑟，也觉得有些奇怪，忍不住问我发了什么疯。

我走到她身旁坐下，说道："我告诉你一个好消息。"

她听我这么说也来了兴趣，把眉毛前的一撮乱发拎起来别在了耳朵上，然后很期待地看着我。

我清了清嗓子，说道："我改了你的数值，在你现在的基础上加了6万。"

我以为听见这番话后她会很高兴，最起码也是比较积极的反应，谁知道她的眼神中闪过了一抹灰，虽然她很快就掩饰了这个情绪，但是我看得真真切切。

"你就算在计算机系统中改了这个数据，在'它'的那个地方我的数值还是不会变的，你这么掩耳盗铃其实没什么必要。"

听她这么一说，我心里五味杂陈，很不是滋味，我觉得她很傻，"它"的这个数值本来就是一个很荒诞的事情，我帮她改过来了就是改过来了，她去在意"它"的看法做什么？也太迂腐太本末倒置了，而且我投了30万帮她改数值她就这么不冷不淡地批评我，让我觉得自己的付出毫无意义。

这……这还是我姐吗？

我越想越生气，想和她顶两句，结果一回神发现她正在哭，一边哭一边问我："你觉得数值低一些到底哪里不好？"

"哪里不好？"我有些愤怒，答道，"我有多少次因为你连公交车都坐不了，人家只要有自动检测的地方你都不敢进，我们好吃的不敢去吃，电影不敢去看，被社会踩在脚底下，你还觉得很有面子不是？"

我这一通咆哮，两个人都沉默了很久，我实在忍不了这个气氛，摔门而去。

10

我出门拐进了巷子里一家很破的路边摊面馆，这里面全都是一些数值在1000左右浮动的人。

曾几何时这些人都有各自的身份，有各自的梦想和家庭，现在往这个地方一坐，成为一个符号、一种耻辱，像我这种数值正常却还来这里吃东西的人已经非常少了。

我点了碗拉面，等面的时候突然手机响了起来，我一看是那个改数值的公司打来的，忙跑到一旁接听。

"喂，你姐的事我们处理好了。"

可能是由于刚才和姐姐吵了一架，我现在还在气头上，所以听见这个消息并不是很高兴，只说了几句客套话。

"不过……"

"不过什么？"我心里一惊，祈祷千万不要出什么乱子。

"不过请你不要再拿我们寻开心了。"

这句话听得我一头雾水，正要发问，他们就挂了我的电话，我再拨回去已经打不通了。

我心说糟糕，该不会是上了当，得赶紧回去看一看姐姐的数值有没有改变。

我就往回跑，那面馆的老板还以为我要逃单，也跟着我追。

刚跑到了巷口，我就看见我姐迎面走了过来，那老板追了上来说："你小子吃面怎么不给钱啊？"

我还没来得及解释，我姐把话接了过去："我们不在这里吃了，我们去 nagh 吃法国菜。"

我一听，nagh 可是我们这里最豪华的餐厅，就是小巫现在这种身份进去都有些够呛，里面都是些四万左右的大佬，如今姐姐开了这个金口，那么她的数值……

她似乎从我的眼神里看出了疑惑，索性回报了我一个灿烂的微笑，从包里掏出了 100 块钱递给老板说不用找了，然后拉着我就打了一辆车。

出租车上的测试仪最多检测到9999，我姐一上车那个仪器一下子就通红地亮出了这四位数。

这年头上万的人也不是太罕见，就像开奔驰宝马一样，虽然确实很不错，但是要震撼一个人，怎么也得兰博基尼起步。

司机看见仪器满了也没什么反应，问道："你们去哪儿？"

"nagh。"

哪知这名字刚出口，司机态度立马就发生了180度的大转变，不仅嘘寒问暖没话找话，还不停地设套试图要到我姐的电话号码。

直到这个时候，我的心情才算是真正地畅快了一些，坐在副驾驶位上咧着嘴傻笑。

"我想通了，"姐姐突然说道："我什么都想通了。"

我忙附和："想通了就好，想通了就好。"

说话间我们到了地方，出租车刚停在nagh的门口还没落稳，那门口的服务生就过来赶我们走，我说我们是来吃饭的，谁知那服务生听了故作一脸嫌弃，阴阳怪气地说哪里会有人坐出租车来这里吃饭。

我还要争论，姐姐示意我住口。

她自己下了车然后拉开我的车门让我跟着她，然后她根本不看那服务生一眼，目不斜视地就拉着我直奔餐厅走去。

那服务生在背后追着我们说："我们这里的机器是目前最精准的，刷的假数据都能查出来，你不要不听劝，一会儿被警察带走会很丢脸。"

一听他这句话，我心里感叹道原来刷数值这件事已经很多人知道了，如果他说的是真的，那么我姐姐……

哎！不好，我大骂一声就冲过去把姐姐拦了下来道："姐，

"它"的国 | 27

这种垃圾餐厅我们懒得吃，今天不吃了，我们走。"

我说这话是为了给姐姐台阶下，可不知道姐姐是没听见那服务生的话还是没明白我的话外之音，她看我的眼神竟然有点藐视。

她一把推在我的胸口上，我猝不及防向后连退几步，竟入了那餐厅的大门。

我一进门大厅里就响起了一种警报声，比消防车的火警声还要威慑人。

那服务生追上我一看，立马表情都扭曲了，他用一种真的很嫌弃很恶心的表情看着我说："我们这里就是带条狗进来也比你尊贵，你快带着你老婆滚吧，撑什么面子。"

他骂我的这一会儿工夫我姐姐也走了进来，他见状张嘴就要骂，可是就在这一刹那，他突然就像中了邪一样，保持着嘴巴张开的动作一动不动，半天没有出声。

"闭嘴。"我姐姐对着这人说道。

怪的是这人真的就听了我姐姐的话，不仅嘴巴闭上了，连腿也夹得紧紧的。

经理看见这个场面，不知道发生了什么事，便走上来询问情况，结果他走到我们面前的时候也变成了和那服务生无二的举动。

他抹了抹额头上的汗珠，只道："有什么能为你们服务的吗？"

这时有一个女服务生在旁边小声说了一句："但是她旁边那个人只有4000多。"

这句话虽然声音很小，却被我姐听得很清楚，姐姐瞪了经理一眼，那经理吓得一哆嗦，反手就是一耳光打到那服务生的脸上道："闭嘴，要掉脑袋的。"

我没明白他这句掉脑袋是怎么回事，虽然现在的人因为这个数值制度都变得十分的现实，但是他这种讨好的行为真的把我震惊到了，这是什么价值观？有数值就了不起吗？他凭什么打人，我甚至有点心疼起那个捂着脸的女服务生。

我忍不住发问："你凭什么打她？"

那经理似乎误会了我的意思，听了这句话忙扇起自己的耳光，一边扇一边说："那么打我自己，打我自己。"

我再次被他震惊，这个景象如果被拍成电影绝对是一个传播了错误价值观的烂片，这也太恶俗了。

眼看着他做完这一连串动作，我姐却没有任何表情。这个时候我打心眼里佩服起自己的亲姐来，明明顶着一个假数值，不怕被查出来，还能装出这种气场，就好似她早就混迹于这片江湖成为了老前辈一样。

不过话说回来，6万多的数值虽然大，但是也没那么大啊，这经理的举动也太匪夷所思了，要是放在以前，就是巴菲特在他面前这人也不会如此折腾自己吧。

这顿饭我是真没吃好，纵然眼前有这么多山珍海味，可一旦吃入口中便是如同嚼蜡，我满脑子都是刚才所见的种种社会现象和姐姐冷漠得像冰川一样的脸。

饭后经理派车送我们回家，我坐在车上望着窗外流曳的灯火，看着这座虽然辉煌却蒙着诡异面纱的城市，脑子不由生出了许多极具争议性的思考，热烈地碰撞着。

11

随着"它"的权力越来越大,数值标准就越来越严厉,电视里经常报道篡改数值被查的新闻。

在一个月以前,这种罪被查到了最多批评教育然后把数值改回来,但是发展到今天,这种罪一旦被查到就是死路一条。

各种繁华的街口或者偏僻的小巷中都有警察拿着个仪器守着,很多高数值的人都接受了例行检查。

也不知道他们用的是什么工具,那些凡是修改过的数值一扫就能被查得清清楚楚,有些人被查后为了免去极刑之苦,当场就自尽了。

看见这种乱象,我十分担心姐姐,但是她自己却显得十分自在,好像这种事和她没有关系一样。

我终于忍不住,找了一个天气凉爽的晚上把她叫出来吃夜宵。

烧烤摊上,我开门见山地说:"姐,我把你害了,对不起。"

姐姐撸完了一串烤肉,莫名其妙地看着我。

"对不起什么?"

"我不该把你的数值改得太大,现在你被查到了就是一死……死。"

我话还没有说完,在我视野的一角竟然出现了几个警察,正拿着那种仪器一个个地查了过来。

我拉着她就想跑,却发觉另外一边也有警察形成了包抄。

我心里那个后悔,悔不该改她的数值,悔在这种风头正旺的时候带她出来吃烧烤。

眼看着跑不掉了，姐姐压着我的手示意我先坐下，她还是那种很淡然的表情，而我看见她身后的警察正在向我们走来，只差几步就能到她这里。

"在家待着，不要做任何事，能相信我吗？"姐姐对我说道。

我看着警察拿起仪器对准了她，心都凉透了，我看着她眼睛，里面满是祈求。我点了点头，说："回家等你。"

然而我忘了一件事，就是我也改过数值。

警车上，旁边几个人吓得一把鼻涕一把泪。

姐姐在一旁拉着我的手，不停地告诉我不用怕，我知道她自己其实也很怕，她一直都很怕，从进那个餐厅到现在她一直在尽力保护我，为了完成妈妈说的团结这个家。

我现在很怕，我很想跟她说我对不起她，但是转念一想既然黄泉路能陪她一起走，有什么想说的也留在那条路上慢慢说吧，让她生命里这最后一会儿活得轻松一些。

我们离死只差最后一步，那就是核实真实数值，然后执行死刑。

那种仪器只能检测出一个人有没有修改过数值，但是看不到这个人的数值到底是多少，所以备案还得回一趟局子里。

到局里的时候，同行的几个人哭昏过去了两个，几个工作人员将他们的数值核准后就直接送他们上路了。

等那些人核对到我姐姐的时候，气氛突然安静了下来，我看见那几个人的头上渗出了汗珠，脸色相当得难看。

当今世上最高的数值是860万，我估计着谁要是真见到了这个人也就是他们这表情了，他们看见居然有人改了6万多数值，一定觉得很丑陋吧。

这种无声的情况持续了大约有5分钟之久，终于在一声叹

"它"的国 | 31

气过后,那人解开了我姐的手铐,我姐活动了一下手腕,转身指着我说:"我弟弟不忍心看我受苦,都是他帮我改的。"

哎?这不对啊,这是要害我的节奏啊。我心说我的好姐姐哎,真没想到你最后竟然是这种人,我当初为你改数值就是一个错到不能再错的决定。

果然一个警察顺着她的手指就走到了我这里,我想着也就死路一条,心里别提多绝望了,再看着姐姐冷漠的表情,我心如刀绞。

我用尽了力气对着姐喊道:"算我赔你一条命,下辈子别再当姐弟了。"

我正吼着,手铐开了。

那解手铐的人趴在我耳边说了句:"不好意思,得罪了。"

之后的事情就没必要细说了,我们被送回了家,这件事就既往不咎,他们帮我和老姐恢复成了原始数值,并要求我们最近少出门。

我知道问题出在姐姐身上,可我无论怎么问她就是不肯说,只好不了了之。倒是她再一次成为了落道者,我想起这些天发生的种种,倒也觉得落道者未尝不是一件好事。

12

"1975万!"

电视上直播着抽号,我在电视机背后看得直吸凉气。

从某一个时间开始,大概是两天前,所有抽号的人的数值都大于之前最大的860万,短短两天之内就有两万多个落道者抽到了上千万的号而乌鸦变凤凰当了高官。

他们被暂时性地称为新人类。

那些落道者枯树逢春难免有些得意，一人被采访时说道："你们这么早去抽，结果呢？还看不起我们不抽的，我们这种人一抽，你们只配跪下来喊爸爸。"

他这话，很过分，我听了都觉得刺耳，何况我是一直站在他们那边的。

只是门口小巷那个面馆里的一群所谓渣渣，现在各个都成了巨人。

可怜那些老的抽号者，他们不敢把愤怒发泄在这些人身上，只敢把矛头针对那些数值低的伪落道者。

他们无情地将这些人殴打、杀害，还大言不惭地说他们浪费了资源。

13

随着新人类越来越多，老的那一帮人压力变得比以往更大，做事的风格都变得更加疯狂。

有一天，新人类的头领，同时也是目前世界最高数值的人发布了一条消息，他说自己收到了"它"的消息，要灭绝老人类，创造新秩序。

"它"来到这个世界已经太久了，人们彻底屈服了这种意志，服从"它"的命令成为了人类的天职。

老人类根本不去想怎么反抗，而且尽可能多地杀害落道者，祈求新人类能给他们生存的空间。

一时间，新人类杀老人类，老人类杀落道者，尸横遍野。

他们没有想过，在未来还会有新新人类，这个数字库无穷无尽，万世不竭。

只要这种制度进行下去，到最后人类终会灭绝。

也许他们并不是没有想过，只是想到了又能如何？他们只敢服从，就像中国古代的皇权，一人的权力使得全天下都不敢反抗。

他们怕。

越怕越杀。

尾声

老人类的灭绝计划进行得很顺利，就连那位刚开始独占鳌头的860万先生也已经死于新人类之手。

我眼前的人，想要我的命。

把我们家围得水泄不通的三十几人里，有一半数值都上亿。

我怎么就活在了乱世？

不过如果你和我一样在鬼门关走上几次，对于死亡的恐惧就会淡上许多。

死就死吧。

领头的那个人对我喊道："我说最后一次，请接受我的检查！"

我不想再逃避，不想再过这种生不如死的生活，心想是时候做一个了结了。

我走向他，他拿出一块"手表"对我一照，我的头顶便出现了四个巨大的数字。

4356！

那人咦了一声，很震惊地说道："这么旧的人居然还活着，你小子命也真是够硬啊！"

我心如死灰，什么都不想再去思考。

人类社会就是如此，一开始就活在自己构建的幻想之中，从一开始的公司、国家等虚构概念到如今的数值。

"它"偷换并且让人接受了这些设定，世道莫名其妙就变成了这个样子。

"杀吧，"我说，"别磨叽。"

那带头的人看起来不想杀我，准确说是不想这么容易地就让我死掉。

"别急，你的罪过太深了。我还要慢慢地审问你。"

"别审了。"姐姐的声音从背后传来。

我看见她出来了，气得一拍地砖说道："姐我不是让你躲在房间里吗？你出来送什么死！"

那领头的看见姐姐出来，再听见我这番话，脸上的笑容变得更恶心了。

"其实你也不用生气，她躲不开的，让我猜猜房子里还有谁，莫非是你们那年迈的老母亲吗？"

他的嘴脸相当丑陋，绝对是我见过最令人作呕的。

这世道一乱，好吃的没了，好玩的被毁了，他们现在最大的乐趣就成了折磨人，看他这表情，我们姐弟俩估计没个好死。

姐姐听见她说年迈的老母亲这句话时，表情不再淡定，转成了一种我从未见过的怨毒。

"你们几个，把他杀掉，"姐姐对着旁边几个人吼道，"把他给我大卸八块拿去喂狗！"

旁边几个人一听，还以为听错了，心说这女人发什么神经病呢？

姐姐说着这句话，便走向了他们，我想冲上去拦她，这才发觉我的腿已经被吓软，根本站不起来。

我就眼睁睁地看着姐姐一步步地走向他们，那几个人也呆住了。

其中一个机灵点的，反应过来情况不对，忙把那个手表一样的东西照向姐姐。

这是我第一次看见姐姐的数值，在她的头上有一个大大的8……哎，这不是8，怎么是躺着的？

随即我就反应过来了，这他妈的是正无穷大啊！

那几个人当场就呆住了，我终于明白了为什么饭店吃饭的时候老板做那个表情，也许当时的技术水平根本就不够显示出姐姐的数。

为什么我们能死里逃生，为什么……

一切的为什么都解释得通了。

"现在……"姐姐抬起手，指向那个带头人。

那个人自知大事不好，已经尿了裤子，想说话又不好说，只见他喉结一个劲地抖，脸色惨白。

"我要你们，活活咬死他。"

见那周围的几人未动，姐姐勃然大怒一声巨吼道：

"立刻做！"

那带头的想逃跑，但是太过紧张，脚下一滑直接倒在了地上。

他那几个小弟，见状如同疯狗一般扑了上去……

"姐姐，你就是'它'吗？"

我想起来姐姐那天在商业中心被吸到天上去，然后第二天又完好无缺地进了门。

"不是，'它'是∞。"姐姐的笑容很温暖，她再也没有必要隐藏这些东西，负担减轻了很多。

"∞是谁呢？你见过'它'吗？"

"∞就是一个数字，'它'从来都在那里。"

我很想问她被吸入天空后看见了什么，但还是忍住了，有些疑问就该存在心里。

我只知道当姐姐回家的那一天，电视里正在播放新闻："它"来了。

我们走吧，"它"的下一个计划就要来了。

下一个计划？

嗯，你听名字就知道有多恐怖，叫超新星计划。

勇者救恶龙

[欢年]

——她苦读史书,发现一个真正美丽的公主必然具备一种特殊体质,名曰:吸引恶龙。

旁白：

很久很久以前，在一个美丽的王国住着一位漂亮的公主，叫作白雪公主。

白雪公主有个贤 (biao) 惠 (zi) 的妈，母 (sang) 仪 (xin) 天 (bing) 下 (kuang)。

我们的故事，要从她妈的小时候说起。

1

毒皇后那个时候还没有这个外号，他们都叫她小仙女。

小仙女仙气缭绕，美得闭月羞花。

在她10岁的时候，来提亲的王子已经多得踏破门槛，她父皇心疼修门的钱，干脆把宫殿大门给拆了。

谁知这一举动竟演变成了一股妖风邪气，立马像瘟疫一样蔓延到了其他国家，那些公主为了证明自己美貌不弱于人，纷纷效仿。

她们不仅拆门拆砖，还拆楼梯走廊，导致短短几个月的时间就有数位国王跳楼自尽，死前最后一句话无非是："我造了什么孽——（拖长音）"，然后 bia ji 一下，一代君主当场驾崩。

众国王私底下都觉得这是小仙女的父皇在作祟，这是一个天大的阴谋，其目的就是借着他们各家所养的那些妖艳贱货之手来毁灭一个国家，不由气得咬牙切齿又无可奈何。

等拆东西的潮流过了之后，小仙女想着自己既然引领了时尚，总不能像以前那样只会弄些花花草草，没事还抱着一棵大树傻不愣登地讲故事。

这太俗，她可不是一般的公主。

2

她苦读史书，发现一个真正美丽的公主必然具备一种特殊体质，名曰：吸引恶龙。

她一边翻书一边情不自禁地读了起来："花花公主在中土元年的时候被中国火球龙抢走，国王出兵救援，结果大败。据史料记载，这一战共死了8000个士兵，有800个王子去救公主，只活了80个回来，最后公主不忍心看见国家再受战乱之苦，无奈嫁给恶龙生了8个小龙人。"

她一边读一边憧憬，幻想有一条身高百尺的巨龙突然造访皇宫，然后吐着火舌道："把全世界最美丽的公主给我献上来。"之后那些男人为了留住她纷纷冲上来与火龙搏斗，单为她牺牲的男人少说也有两个国家那么多。

啊，多么美好。

3

公主的相思病越来越严重,她每天日落时分都要登上钟楼,眺望远方。

她时而唉声叹气,时而捶胸顿足。

龙啊,你到底什么时候来把我抢走啊,她每天都这么想着。

4

过了半年,突然西边国家传出了风声,说北边的山里出现了恶龙,经常去南方和骆驼打架,一打输就跑到东方的一个庙宇里面大哭大闹。

公主听见这个消息高兴坏了,派兵去北边驻守,然后送了一大批最强壮的骆驼到南方国家,最后自己一个人跑到东方的庙宇里去守株待兔。

她这么一守就是两个月,有一天深夜公主正在睡觉,忽然听见空中传来一声龙吟。

公主竖起耳朵仔细一听,这不是龙吟,应该是龙嚎,正哭着呢。一边哭还一边骂:"都说龙善被龙欺,我咋连个骆驼都打不赢了我。我……我一头撞死算了。"

龙音刚落,只见天空一道闪电过后便出现了一条五爪金龙,直挺挺地就对着一旁的石头冲了过去。

"等等!!!"公主大叫。

龙听见后吓了一跳,慌得没了准心,一头扎进旁边的草堆里。

"哎呀妈呀，吓死龙了，这啥玩意儿啊？"

公主看见这恶龙，不由得吃了一惊。

"你是龙吗？你翅膀呢？你这爪子怎么这么短？你身子也太长了吧？"

"吵吵啥？别吵吵，咱怎么就不是龙了，我这是东方龙，搞那些洋玩意儿干啥！"

恶龙站起身，晃下了身上的枯草秆子，上下打量着公主。

"你干啥玩意儿呢？"

"我在等你，我等了很久了。"

"等我干吗？我这不忙呢吗？"

"我等你把我绑架，然后广告天下说你抢走了世上最美的女人，让勇士们来救我。"

恶龙又把公主上下打量了一番，说道："崽，阿爸对你非常失望。"

5

公主把龙打了一顿，抱着他的角角说："你就把我留下来吧，求求你了。"

龙说："成。"

公主就这么留下来了，龙把她带回自己的洞穴。

这洞穴不像西方龙，没有黄金翡翠珍珠山，有的只是几个破瓶破罐和一些烂纸臭木头。

公主一脸嫌弃，随手挑了几个挡路的旧瓶子扔出洞穴，随着咣当一声响，那些东西就碎了个稀烂。

背后传来龙心碎的声音。

"我的宋代雕花琉璃瓶，我的唐画烤漆瓷碗。我……我和你拼了！"

6

龙鼻青脸肿，心疼地摸着自己掉的金鳞，一切尘归尘、土归土，像没发生过一样。

"龙龙，我饿了，"公主说，"你有没有什么好吃的？"

龙扔给她一个土豆。

"自己削个皮，然后切巴切巴烤了吃。"

公主拿着土豆一言不发，直勾勾地盯着龙。

"咳咳，我这，你怎么着也是公主，是个客。我们不吃土豆，去它的小土豆。"

说完，龙抱着旁边的一张破烂画就出了门……

当天晚上，公主尝到了北京烤鸭、西湖醋鱼。

7

就这么过了一俩月，龙家里的破玩意儿越来越少，变得越来越宽敞。

公主看见这龙经过自己的调教变得这么爱干净、这么懂事，觉得成就感满满。

这天公主对龙说："小龙龙，你是时候去我们国家告诉我父皇这件事了。"

龙不敢不从。

皇宫这边,公主已经走了半年,皇城内外一派祥和。

城边一小花店里老板正唱着《欢乐颂》,忽然间天降异色,但见天狗食月、骤降暴雨,大家惊呼之时,竟从那压城的黑云之中钻出了一条金龙,口吐七丈火焰,脚踩炽炎火轮,直接就奔着皇宫去了。

那些西方士兵哪见过这种景象,吓得直哆嗦。

"我们这里没有公主给你抢,如果你要金银珠宝我们给你就是,要多少有多少,不要动手。"

龙强作镇定,说道:"你们当然没有公主给我抢,你们的公主就在我的手上。"

龙原以为这群士兵听了会惶恐不安,哪知道刚才还紧张的气氛突然间就变得欢快起来,甚至有两个大男人抱成一团喜极而泣。

"哎哎,严肃点。我说了,公主在我手上,你们快快派勇士去把她救回来。"

话音一落,那些士兵扑通就跪下了。

"求求你了,神龙大人。你提什么要求我们都答应你,千万不要放她回来。"

龙没料想到还有这么一出,实在绷不住了,扑通一声也跪下了,一边眼泪水止不住地往外头冒。

"我也求你们了,来个人把她接走吧,一天吃8顿,顿顿都要吃佛跳墙。我那些古董字画全都给她吃没了啊。"

两边一听,原来是同病相怜,一群人一条龙抱成一团哭得稀里哗啦。

8

龙回到洞穴，公主一把扑过来抱住他亲了一大口。
"龙龙，我要吃凤凰肉。"
龙习惯一跪，喊道："爸爸！"

9

"你和我的父皇说好了吗？"公主一边玩着龙的爪爪，一边问道。
"说好了，都说好了。"
公主把龙的肉垫狠捏了一把，开心得不行。
"你有没有按照我的要求说，勇士身高要2米以上，必须是天神容貌、刀削脸庞，他不仅武功要天下第一，还得会讲故事会疼人。"
"讲了，你放心吧。"龙看着远方若有所思。

10

第一个勇士来了，这人器宇不凡，一看就不是等闲之辈，龙隔了老远都吓得打哆嗦，猛做了几个深呼吸。
"1号勇士你过来。"龙说，那人走到龙的面前。
"你姓甚名谁，身高多少，家境如何啊？"

"我叫王子,身高2米,有钱。"那勇士答。

"666,咳咳,我是说:还行。"

龙心中狂喜,忙进去把公主请了出来,把刚才得到的数据说了一番。

"大胆,竟敢戏弄本公主!"

龙愣了愣神,忙躲到了勇士的身后。

"我说什么?身高2米以上,你正好2米居然敢来救我?你好大的胆子,等我回家以后一定让父皇出兵把你们国家打下来开洗脚城!"

勇士听闻,吓得丢盔弃甲落荒而逃。

龙看着他远去的身影,欲哭无泪。

11

"第351号勇士进来。"龙耷拉着眼皮,心里想着晚上弄一个什么给公主打牙祭。

那勇士进来,拔出宝剑对着龙就砍了过来,龙躲闪不及中了一剑,大喊一声"好疼"然后就晕了过去。

等他再醒来,看见那勇士深陷墙中,抠都抠不下来,再看一旁公主正心疼地盯着他。

"龙龙你醒啦?来吃烤土豆。"

龙的嘴里被塞进了一块黑硬的东西,恶心得他直反胃,但是看着公主期待的眼神,他强咽了下去。

"真香,我晕了多久?"

"估计有一天吧。"

"那么你都在照顾我吗?"

"没有啊,我在给你烤土豆啊。"

说罢公主指着旁边的一座煤山,说:"都是给你吃的。"

龙又晕了过去。

12

勇士走了一个又一个,如今天下的勇士都知道东方的恶龙无人能敌,愿意去救公主的人也少了。

转眼间到了冬天,雪封万里,龙家里的古董字画只剩下几件,眼看坐吃山空,他心里火急火燎。

"龙龙,我想吃奶黄包。"

龙无奈地看向自己身上的鳞片,长叹了一口气,心说自己真是龙界的耻辱。

长安城一家专卖各种奇珍异宝的店铺里,来了一个文弱书生。

书生摊开手,袖中掉出几块金色龙鳞,瞬间吸引了老板的目光。

"这……这是……"老板语无伦次,舌头都捋不直了,"这可是传说中龙皇的鳞片?"

书生一脸哭相,苦笑道:"正是。"

"这种货你还有多少?"老板压低声音问道。

"要多少有多少。"

"好,一枚鳞片我给你三两白银!货有多少,白银就有多少。"

13

晚饭过后,公主躺在龙的身上玩龙的胡须。
"龙龙,我想家了。"
龙抑制住内心的狂喜,很淡定地说:"常回家看看。"
"可能要麻烦你了。"
"没事,不就是把你送回去嘛,包在我身上。"
"不是,不是,"公主说,"我要你去把我父皇接过来。"
"哦。"

14

皇宫内外张灯结彩,庆祝公主离家一周年。
龙来了。
他愤怒地问国王:"你当时说好派人去救我,为何出尔反尔言而无信?"
国王自知理亏,赔着笑脸说:"龙兄你坐,我有一件要事和你商量。"
龙盘着身子坐到了国王身边。
"我想让你娶公主。"
龙口里的酒像喷泉一样冲到了天花板上。
"你这次来是要接我过去一起住吧?正好正好,到了地方我就给你们把婚礼主持了。"
龙说:"我去年买了个表。"

15

没能接到国王,公主很生气,把自己一个人锁在洞穴里,让龙在外面的雪地里睡了一整个晚上。

16

第二天,龙语重心长地对公主说:"你啊你,以后是要嫁人的,是要当皇后的。你这样下去谁会娶你啊。"

公主听得泪汪汪,说道:"我不想嫁人,我嫁人以后会变老,变老了就会丑,就没有人爱我了。"

龙听完以后,飞身出了洞穴。

傍晚时分,龙拿了一个镜子回来,告诉公主这是魔镜,她可以一直问魔镜她是不是世界上最漂亮的女人。

公主将信将疑地对着镜子问道:"魔镜啊魔镜,谁是世界上最美丽的女人?"

魔镜说:"呸。"

龙拿着镜子飞出去扔在雪地里,过了半个月又把它取了出来。

小公主再次拿着魔镜问道:"你给我说,谁最漂亮?"

"是你是你,永远都是你,天下第一大美女。"

公主心满意足地入睡了。

第二天,龙被公主吵醒。

"怎么了怎么了,一大早的还让不让龙睡懒觉了?"

"龙龙,我发觉一件事。"公主眼角有泪痕。

"你讲。"

"这个魔镜只能证明我是最漂亮的,如果有一天我不是最漂亮的人了,它并不能改变什么。"

"你放心,谁敢比你漂亮我就杀了她。"

"这叫什么?你去杀人谁都知道是我让你干的,这不让人嚼舌根吗?你不知道那些王宫里的侍女最长舌了,天底下的谣言都是从那里传出去的。"

龙挠挠头,说:"那么我变个身?"

"嗯嗯,变个老巫婆最好。"

17

公主留在龙洞的时间里,几个敌对势力蠢蠢欲动,正准备着向公主的国家发起进攻。

18

"4525号勇者请进。"

进来了一个人,这人明显不符合公主规定的所有条件,身高一米五几,身材矮小。

"我,我来救恶龙。"这人说道。

龙满脸黑线,这一看就不是公主的下饭菜,还救恶龙呢。

"龙,你快飞走。这里有我。"那个勇士抽出宝剑,却因为剑身太重一下子踉跄了好几步。

龙赶紧上前搀扶他。

"我们龙一辈子只能有一个巢穴,哪里是想走就能走的?你带不走公主的,快逃命吧。"

这人偏不服气,拿着剑就对着公主冲了过去。

龙见状赶忙拉住这人的衣服,谁知拉扯之中竟然把他的衣服拉了下来。

"女……女的?"龙一脸的不相信。

"流氓!"勇士给了龙两耳光,然后下山了。

龙摸了摸脸,殊不知自己就这么篡改了历史。

19

冬去春来,龙的洞穴周围长满了美丽的花,万紫千红。

公主躺在龙给她编的花篮中嗑瓜子,一边嗑一边唱歌。

歌词是这样的:我有一个小神龙,变大变小变漂亮,还能把它全身鳞片拿去买成好吃哒!

就在他们惬意度日的同时,敌国向公主的国家发动了战争。

他们只是一个很小的中立国,哪里打得过别人兵强马壮。

才打了几天,他们就兵败如山倒。

敌方的头领说:"我知道你们这里有全世界最美丽的公主,只要把她交出来,我们就停战。"

老国王说:"好。"

于是国王亲自来到公主的洞穴。公主见到父皇开心得不得了,忙弄来了一桌中国菜招待。

国王说明了来意。

气氛突然沉默了，尤其是龙，本来想说点什么打个圆场，奈何嘴巴张了半天，愣是什么都没能说出来。

他不知道为什么，明明自己这么希望公主走，结果这次她真的要走了，他心里突然空荡荡的。

"真的要走吗？"

洞穴外，龙看着收拾好行李的公主，不舍地问道。

"嗯，我走了。"公主背过头去，不让龙看见自己的表情。

龙又塞了一些五香瓜子、蟹黄包到公主的包里，提醒她路上饿了吃。

公主嗯了一声，摸了摸龙身上一块没了鳞片的地方，走了。

20

公主走了一个月后，龙听到了一个消息，听说敌国出尔反尔，公主到手后他们居然继续攻打老国王的国家。

眼看着国家就要灭亡了。

龙想着公主牺牲了自己的幸福生活换来的和平，居然被他们这么践踏。

他坐不住了。

21

十年后，人们都说当年的大战出现了一条神龙。龙全身金光闪闪，杀起敌来那是勇猛无比，一条龙就打光了一整个国家的军队。

只可惜啊只可惜,最后双方停战的那一刻,这条龙由于操劳过度,死在了战场上。

更奇怪的是,他们本国皇后居然不体恤自己的士兵,而是在战场上抱着那条龙号啕大哭……

22

白雪公主给七个小矮人说完这段故事,突然门口响起了敲门声,她开门看见一个老巫婆。

这老巫婆长得有些特别,脖子下面还长了鳞一样的癣,看起来很恶心。

"什么事啊?"白雪公主问道。

"小姑娘,吃个苹果不?又大又红,我从中国带来的。"

【不净年】 **死友将至**

——我已故的亡友,要来了。

1

"有你的礼物。"

妈妈手里拿着一个礼品盒，看见盒子的刹那我倏然一震险些晕厥，就像埋骨头的狗见到新鲜土堆那样，没人比我更清楚盒子里有什么。

我惊恐地盯着盒子。它仿佛裂开了那张不存在的嘴，露出尖牙戏谑地跟我说："你跑吧，跑到天涯海角去吧。"

看着寄件人的名字，我想起来第一次去他家的时候闻到的花香味和听到的人们的惨叫声，思绪不由得回到了那场噩梦的开始。

一个月前登布突然拜访我家，正值梅雨季节，他没有打伞，就这么木然地任凭雨淋在身上，湿乱的头发下那个变得癫乱的大脑也正在灼热地燃烧。

他绕过正门从我卧室的窗口翻进房间。一待就是两个小时，我回来时看见地板被浸出了一块水斑。而他正蜷缩在房间的一角，湿衣紧紧地贴在他的身上，他魔怔似的在嘴里不断念叨着："他回来了。"

我见到这个场景也慌了，脑子里飞快闪过电影里那些变态精神病或者杀人狂的镜头，此刻的登布像极了他们中的一员。

看着双目圆瞪的登布，我试探性地问道："老布，你这是闹哪出？"

登布没理我，颓然地低着头，嘴里还是念叨着那句话。

"他回来了，他回来了。"

"老布！"

他抬头看着我，我俩目光相撞那一下我进入了他的精神世界，此刻的他再也不是我认识的登布，再也不是那个粗犷大气、走路带风的登布。

我眼前的他不是一个人，而是一具人形的躯壳，他的精神世界里一片空白，不带一点色彩，单调到令人绝望。

等我抽神回来的时候登布已经离开了，只给我留下了一句："我会再来找你。"他连鞋子都忘了穿，直接光着脚从我的窗户又翻了出去，走进了大雨深处的雾气之中。

雨一直下，他的脚印很快被冲刷殆尽，一同消失的还有他这个人。

他死了。

要说他为什么会变成这样，我心里其实有一个猜测，我觉得他这状态一定是和田浦的死有莫大的关系。

我们三人出生在白海镇，相见于一年级，被同一个初中生欺负，然后成了铁哥们，一直铁到了研究生。

在登布来找我的前一星期田浦死掉了，据说是自杀，他家里人不让破坏尸体，也没有尸检就火化了。

更可气的是在下葬的前一天田浦的骨灰不翼而飞，一行人发动关系找了整整一夜，火葬场都翻了个底朝天也没个结果。

也就是从那一天开始,我发现登布有一点异常,虽然很不愿意相信,但是我看到登布表现得并不是非常伤心,事实上他有点难掩心中的兴奋。

就在我对登布的疑虑情绪最大化的时候,登布主动找到我,让我陪他去田浦家问候一下。

田浦家里,他抱着田浦的双亲哭得撕心裂肺、情真意切,相反同样作为田浦死党的我显得有些过于标准化了。

这件事后,我觉得自己很狭隘。并把之前登布所表现出来的那种兴奋当成了他掩盖内心伤痛的一种手段。

只是我没有想到,在那件事之后的不久,登布变成了那种魂不附体的行尸走肉状态,再然后就这么死了。

他死在了我们三人最初认识的那片空地上,那块"白海镇欢迎你"的广告牌之下。据说他的死相非常奇特,他一直保持着著名雕塑《思想者》的姿势。

他死因也很怪,并不是人为的杀害或者其他外部原因,而是一个令人郁闷的稀奇结果:饿死。

我不难想象那天登布在雨中一个人走到了这片荒废已久的空地上,对着天思索着什么,然后越想越入神,废寝忘食,忘食……

2

作为登布死前接触到的最后一个活人,我有很大的嫌疑,在登布死亡消息传出来的第二天我就被警方约去谈话。我无须隐瞒,把那天他在我家的怪异举动一五一十地全盘托出,警方说会再次联系我,但是过了一段时间,这件事也被搁置了。

我去参加了登布的葬礼,葬礼上登布的家人都觉得这件事非常惋惜,在我意料之外却又情理之中的是田浦的父母也来了,他们最先安慰的并不是登布的双亲,而是我。

他们觉得在这一个多月以来,我生命里最重要的两个朋友接连离开了我,我受到的打击想必是相当的大。事实上不知道为什么,事情至此我突然变得有些无感,对于登布的离去我曾经想过那么一瞬间都心痛到不能自已,但是真的面临这个现实我却觉得释怀,并没有多么的悲痛。

客人们一阵寒暄,登布的父母和田浦的父母互相安慰着,我坐在一旁呆呆地听着他们说话。

"以后我们两家可要常往来。"

"你们现在就是我的亲人。"

想必我现在的眼神,就和当时登布在我家那样空洞是无二的。

怪事从这个时候开始发生了,它就像黑死病那样无声无息地潜入了我的生活,等我发现的时候已经被它扼住了咽喉无法动弹。

就像现在面对的这个盒子和拿着盒子的妈妈。

就是那个时候,我认识了送给我这个盒子的主人。

因为登布和田浦的死,我作为他们的好朋友,作为校园里同学间常出现的"铁三角"中的一员,突然在学校变得像瘟神一样不太受待见,就连我们的导师也对我有些避讳。

由于心理上的某些情绪化的东西作怪,登布葬礼的头七天我忍不住每天都要去看一眼,一天不去就浑身难受。

就在这几天我发现了一个人,他和我一样也是非常地关心这场葬礼，每天我到的时候他都已经"等候多时"了。

　　这人瘦瘦高高，穿西服戴礼帽，拄着一根黑亮的拐杖，再配上他咖啡色的眼镜片，活脱脱一个英伦绅士的形象，每次都一言不发地杵在那个地方。

　　奇怪的是并没有人认识他，登布的父亲母亲也不了解他是什么来头，觉得人家这么关心孩子，自己连是谁都不知道，实在是有些说不过去，于是也没有过问，只管好酒好肉地招待着，直到登布下葬的那一日。

　　那天也下着雨，雨势不小。为登布保驾的黑伞被淋出了洞，随行的法师们连叹不吉利。我在队伍中段，我们一行人围着夜陵山（白海镇的坟山）向山顶走去，到半山腰的时候雾气已经很大了，我只能勉强看清我前后两三个人。

　　那个西服男就是这个时候混进队伍里的。

　　我们爬了半小时到山顶，谁也没有发现多出了一个人，在法师作法完毕后，抬骨灰的那几位山工就要给登布下葬。

　　我们谁也没有反应过来，也根本想不到这个时候会出乱子，西服男从人群后面冲出来一腿踢翻了登布的骨灰盒，登布的骨灰倾倒在了泥土上，混着雨水变成了一种灰白色的浆体，片刻后浸入了泥土之中。

　　那西服男见到此景爆发出一连串嗤笑，像喜剧表演者那样做出了夸张的动作在原地蹦来蹦去，没等我们发作他就一溜烟儿跑进了浓雾之中，登布的父亲追了上去。

　　很快两人的身影被浓雾吞噬，消失在了我的视野之内，雾越来越浓。

　　登布的母亲见到眼前的场景，终于经受不住晕了过去。

3

她睁开眼,看见我们围着她。我们张着嘴,却发不出声音,不是,是她的耳朵暂时没有恢复过来。登布的妈妈醒了。

医院里,我们安慰她这事已经过去了,等她听清我们说什么之后,她操起一旁的营养品就给我们砸了过来,怒吼道:"你们这帮畜生,我儿子都死无全尸,你们知道吗?死无全尸啊!"

她哭了,捂着脸低语着:"我的儿。"

护士见状,强制把我们赶走了。

时间过去了很久,一个星期后这件事已经快被我忘掉了,听起来是有些荒唐。不过这些天我的心态出奇得好,也没有在失去朋友的悲痛中抑郁到无法自拔。相反我做什么事都特别专注,专注的事多了,这件事也就被我抛到了脑后。

这天下课后,我的导师把我叫到了他的办公室,我有些摸不着头脑,不知道他找我有什么事。

"我有一个课题准备交给你。"

听到这个消息,电光火石间我心里闪过了千种情绪。

我想到了前些天有人提到的"黑水"课题,这个课题具体是做什么的我们不清楚,只知道导师和一些商界人物正在这个问题上面下功夫,还有传言说导师要在我们中间找一个人来共同研究这个课题。

对于这种商业大佬加持的课题,那是不成功便成仁,成了是名利双收,失败了那钱也是大把大把入库。

要说我不眼红是假的,只是这个消息真假尚且不知,况且我也不是那种趋炎附势的性格,要让我放下一些东西去拍马屁,我还真不是那样的人。不过最近很多人开始对导师示好，我想也是有原因的。

听到导师这么说，我心里直接把这件事搬出来参考，虽然表面看起来也许风平浪静，但是心里已经激动得不行。

我看着导师，装作镇定的样子问道："是什么课题呀？"

"'黑水'，之前本来想交给田浦的，但是后来的事你也知道。然后我只能交给登布，再接下来的事你也是知道的，所以我……"

"登布知道你交给田浦这个课题吗？"我问。

后面的这件事掩盖了我听到'黑水'两个字的激动心情，我脑中回想起了那日田浦死后登布难掩的兴奋，不安的感觉在我的心里如同一颗种子被种下。

之后和导师的谈话我的元神已经出窍了，全然不记得说了一些什么，只知道自己迷迷糊糊地走到了大街上，走到了天桥边。

天桥上有很多卖花的小贩，这个行业在这个地方有最蓬勃的生命力，我们白海镇的人只要想买点花花草草一定会在脑中浮现这个天桥的模样。

远远地我就听见了天桥上传来的哭声，等我走近看见一个年轻男人正抱着一捧花泪流不止。

"丽丽，真的是我的丽丽，怎么会在这里。我的苍天，菩萨。这是天意啊，谢谢菩萨。"

他这奇怪的举动引来了不少路人围观，我的注意力被他手里的花吸引了过去。

这哪里是花，分明就是一个人的头，不是，是一个用花瓣组成的人头。这花和玫瑰花的结构很像，典型的小人书里两片叶子加一朵大红花的那种。

那个男人手上拿的花是一个惟妙惟肖的女人，她的五官精致，眼神妩媚，整个面部皮肤都由那花朵的叶片构成，上面的脉络清晰可见。

"这是怎么了？"旁边有人问道

"这是我死去的女朋友啊，这一定是上天开眼了，让她再回人间陪我的。"

我看着那个花，那女人的模样真的太精确，面部没有一点模糊，如果真的有人长这样，那么是绝对不会认错的。

看这男人哭成这样，肯定也不是为了赖人家一朵花演出来的。

"我们回家吧，丽丽。"男人说。

他温柔地抱起那朵花，走离了人群。

4

这种花多起来了，天桥上很多小贩都在出售这种花。要问他们花是哪里来的，他们都守口如瓶，不过有一点值得肯定，这种花所呈现出来的容貌都是那些已经死去的人。

人的大脑不比计算机，如果堆集过多我们的 CPU 会试着保护自己，从而否认眼前的事实。对那些并不在意死去亲人的人来说这事显得恐怖，他们一开始举例正方形西瓜和笑脸葫芦，想证明这种花也是磨具化生长的产物，但是破绽太多，这个说法还没站稳脚跟就被更新的热潮掩盖。

"据报道，该名青年于一周前饿死家中，不排除谋杀的可能，警方正在据此事展开调查。"

电视里的新闻主持人说着这么一条新闻，而一旁的配图上那个男青年的面孔似乎有些熟悉，我仔细一看，咦，这不是最开始买花的那位吗？

在我们白海镇历史上从来没有发生过凶杀案，就连意外死亡都很少。这一个月内连续有两个人没理由地把自己饿死，其中一个还是我的好朋友，这很难让我不留心。

"另一报道，树山区的研究人员发现这种不知名的花叶会在两周左右显现出一些文字，据调查这些文字的内容都是死者生前想说的话。"

镜头一转，一个老人正拿着一朵花放到镜头面前，花上是一个老头，花叶上有这么一段话。

"老婆子，我走得急。我们家的存折密码是XXXXX。"

"真的是这个密码！"老婆子一边哭一遍说，"是真的。"

就在这个暖心的瞬间还在持续感染我神经的这一会儿，这个老婆婆面对摄像头的目光突然定格，整个人瞬间一动不动。任凭旁边的人怎么喊她，她都如同禁锢的雕塑一般铁硬地定在原地。

电视画面瞬间切换成了广告，只剩我呆立在电视机前无法平复……

我走在街上，看见很多人把花别在上衣的口袋里，时不时和它说上一两句。

"刚子你看，这是我们当年战友的合影。"一个老人拿着照片对着他胸口前的花说道。

我和他插肩而过，闻到了一种香味。

不知道是我的错觉还是其他的原因，在闻到这香味的一瞬间我的灵魂仿佛被抽走，我享受了一瞬间放空自己不去思考的快感，就像上数学课盯着老师发呆那样。

死友将至 | 67

等我回神他已经走远。

我要去的地方是白海镇唯一的医院,自从那天电视镜头切掉之后关于那个老婆婆的新闻电视台只字不提,我却越来越好奇。

按照我看到的场景推断,她的那个状态若一直定格下去,那么她肯定也将迎来饿死的结局。

我现在就是想去医院看看她。

"你只准看一眼哦。"护士说。

事情比我想象的简单得多,我还以为要大费口舌,事实上护士通情达理。

她带着我来到二楼阳台的一个输液床前,那个老婆婆就这么安静地躺在上面,还是那样一动不动。她的眼球因为长时间暴露在空气里变得发皱。

"哎呀,她怎么又睁开眼睛了。"

护士说着过去帮她把眼睛抹上。

"她现在输液是输营养液吗?"我问。

"差不多,现在输的是葡萄糖。"

"她这是什么情况?"

护士看了看床头的病号单,说道:"哎呀,人老了就是这样吧,医生说她这是突发性什么综合征。我也不明白,好了,我得让你走了。"

护士把我送出了医院大门,就在我们出门前还有两个人抬着刚才我看见的那个当过兵的老头上了楼,他也是双目定格,一动不动。

出了医院我走向天桥准备去看一眼卖花的小贩们,等我到的时候正好目睹了一场纠纷。

那个小贩口吐鲜血倒在地上，一个壮汉挥舞着拳头对他说："你到底说不说，给老子讲明白了这花哪里来的？"

见我们围着看，这个壮汉坦白告诉我们，他的女儿买到了自己外婆的花，拿回家以后不久神情就开始变得呆滞，他觉得这个花的花香会让人大脑变得迟缓。结果昨天她的女儿就这么趴在桌上发呆，像一个会呼吸的死人一样再也不能和他们沟通了。

他今天来就是要把这个供货商抓出来。

"这花一定有问题。"他说。

那个小贩躺在地上痛苦不堪，但是还是咬着牙不吐露风声，就在这壮汉的拳头又要落在他脸上的时候，人群里突然传来一个声音。

"我知道。"这个声音说。

"我只是猜测，那天我开车回镇里的时候车抛锚了。我就去周围的人家借工具，但是镇口附近地广人稀，我找了好半天也没有找到一户人家，就在这时候我看见了不远处有一座工厂。我当时还挺高兴，就在我靠近工厂的时候突然听见里面传出一阵一阵的惨叫声，我觉得不对劲就绕路到工厂后面的窗口朝里面看，结果厂里面有上万朵这种花。有些花还会发声音，太恐怖了。我直接车都没要就跑回来了，第二天才找拖车去拉的车。"

听完他的讲述，那个大汉问了工厂的地址。问完他对着人群问："有没有要和我一起去工厂的？"

"我！"我不假思索地就说了出来，"我和你一起去！"

另外也有几个人禁不住这个好奇，也提出要跟着他一起去，就这样我们几个人坐上了他的吉普车，朝着这个工厂出发。

行驶了半个小时，我们到了地方。

死友将至

刚下车那浓烈的花香气就弥漫开来，一瞬间我的大脑又像上次那样空白了一会儿，这一次我确定不是幻觉，因为其他几个人也都有这个感觉。

这个工厂不是很大，由镇里的老垃圾站改建而成，壮汉带头来到了大门前把门敲得震天响。

不一会儿一个人打开了门，我一看这熟悉的脸庞不由得一惊，这不是那个西服男吗？

5

相比起我看到他的惊讶，他的表现要镇定许多。他也认出了我，对我露出了邪魅的微笑。

"我怀疑你的场子有问题。"壮汉说。

"不仅仅是您，我自己也怀疑它有问题。"

透过他的西服两侧，我看见了场里的光景。数十台机器把花从土壤中连根拔起，然后剪断它们的根茎后封装。

根茎剪断的一刹那花朵会发出惨叫，那声音也许正是那人生前的声音。

我们几个人都被这个场面吓呆了，说不出话。

"我带你们看看场子吧！"他说。

说着他转身走进了场中，我不由自主地迈开腿跟着他走了过去。

"这些花是怎么种出来的？"我问。

"骨灰，用骨灰加雨水种出来的。"西服男说，"对了，我有礼物要送给你。"

他带着我们来到一间单独的厂房，房里也是那样种满了花，而这些花我认出了是谁，正是我那好友田浦。

"他可是鼻祖，你看这一朵。"说着他拿了一朵凑在我的眼前。

田浦的容貌完整地被还原出来，只是表情有些哀怨。

"看字。"他说。

我顺着叶子看过去，看见一排字，赫然写着："登布杀我，偷我骨灰。"

西服男看我震惊到说不出话，他继续说道："田浦是登布下毒害死的，本来这件事都要结束了。偏偏登布害怕他的骨灰中这种重金属元素会被检测出来，做贼心虚偷走了骨灰，埋在他家后院，一场雨过去这朵花就长了出来。"

我想起登布那天来我家的场景，突然有些惆怅。

"你为什么要做这件事？"

"田浦是我的亲儿子。你不会懂的。"

他是田浦的亲生父亲，一直默默守护在他的身边，只不过田浦并不知情。

"登布那个小畜生的花期还没到，叶子上面没有字。等他的字出来以后我会送两朵花给你，你是田浦的好兄弟，你和登布是什么关系我就不去阻拦了。"

我怎么回家的我不记得了，只知道那天雨很大，夜里我做了很多光怪陆离的梦。

第二天一早我就听到一个新闻，政府出台了"禁花令"。

政府出动军队焚烧这种怪花，而西服男创立了一个死者保护协会，死活不让他们伤害这些花。

在纠纷过程中，军队的喷火器在喷的时候他挡了上去，结果被当场烧死。

不久后,我看见了西服男的花出现在他被烧死的那个地方,被人发现以后很快就处理掉了,一片叶子掉下飘落在我的脚边,我捡起来看见上面写着短短的几个字:"我爱你,儿子。"

事情过去了,这场风波很快平息下来,最后那些在死者保护协会的人也已经改邪归正,人们养成了看到这种花随手烧掉的习惯。

我接下了导师给我的课题,开始了赚钱争名利的俗流生活。

很快,我的生日到了。

妈妈邀请了亲朋好友,我也在卧室准备着晚上的活动。

这时妈妈敲门进来,交给我那个西服男邮寄出来的盒子,看日期这个盒子在他死之前就邮寄出来了,只是现在才到。

我打开盒子,里面是登布的花。

叶子上面写着他当时走的时候对我说的那句承诺:"我马上来找你。"

——老夫,就是那天下第一。

Supreme
【欢年】

"老夫，就是那天下第一。"

塞斯迅速地敲下这几个字，然后心跳开始加速，要来了，一场骂战即将来临。

塞斯是他的游戏ID，是这款枪战游戏中的经典角色，他是一个守旧派，追求经典的东西。

他曾有一个战队，名叫恶之花，而他是里面的副队长。

那年他中考落榜，查分当天他深夜离家，溜进了一家网吧。此刻他不想玩游戏，这里是他的江湖、他的世界，能待在这里就是美事，哪怕只看看世界聊天版也好，他双眼茫然刷新列表，发现有一个单挑房，房间口号狂傲不羁，赫然写着："众生皆菜，但求一败！"

他心里冷哼一声，点了进去。

房主见有客上门，先客套了两句："天堂有路你不走，地狱无门你闯进来。兄弟，得罪！"

塞斯不想闲聊，只言："开。"

房主名叫fever叶，是恶之花的正队长，把游戏玩成了艺术，自命枪战艺术家，为人豪爽，参加大赛无数得奖若干，人称"恶神"，其外号如雷贯耳，纵横6区，行人见之避而不急，怎敢进房与之一战。

但是塞斯不知道这个人。

那一场战斗，塞斯惨败，被虐得体无完肤。他本来就成为了现实世界的失败者，再经过这么一通打击，他的自尊心严重受挫，觉得自己什么东西都不是，竟哭了起来。

游戏还连着麦，那边"恶神"听他一哭，顿时慌了，忙安慰："小兄弟不要难过，你虽然输了，但是从来没有人和我的比分这么相近，我是天下第一，现在你就是天下第二。"

多么狂傲的谦词，却深深地打动了赛斯的心。

"我中考……废了。"不知为何，相比生活里的朋友家人，此刻有可能正抠着脚的网络大叔，却成了他最想倾述的对象。

"我今天，查分……"说到这里他突然哽咽，再也说不出话。

大叔也沉默了，半宿，塞斯看见了一个图标闪起，他点进去看见了一个战队邀请，名字是恶之花。

邀请他的正是 fever 叶。

他本是一个游侠，一位浪子，孤高的灵魂绝不妥协，战队邀请决不去。

但是今天，他点了接受。

一进战队他就被设置成了副队长，而后来他才知道有人为了买恶之花副队长，竟出了 3000 元的高价，而他凭实力坐了上去，当然还有大叔对他的关怀。

从此他的签名也改了，年轻人血气方刚快意江湖，对人有所喜，生怕人不知。他的签名框永远闪着这句话："愿为队长一条狗，他让杀谁我就杀谁。"

而这位副队长在之后的恶之花里也成为一道独特的风景，人传恶之花有一"恶神"，一"屠夫"。恶神所到之处，皆留一活口，遂自杀，留言"做人留一线，日后好相见"。

而屠夫杀人，身法不动，稳若泰山。喜欢在敌人路过队友尸体时杀之，一场游戏毕，一寸有方的地上堆着对面8人的尸体，屠夫称之"恶之山"。

并不忘留言"真美"。

队伍里有人讨论过屠夫和恶神到底谁更胜一筹，有人说屠夫，因为屠夫极恶，令人不寒而栗。有人说恶神，因为恶神谦虚，从未用过实力。

但是无论众人再怎么好奇，这二人也未曾再战。

塞斯问过 fever 叶："你为什么取了这么一个名字？"

fever 叶发出一个笑哭的表情，说道："我本来以为 fever 是永远的意思，后来才知道是发烧。"

"那为什么不改名呢？"

"不用了，江湖上谁人不知有一个发烧友叶，现在再改成永远，一个经典就去了。"

时过境迁，游戏格局发生了变化。出现了一种叫作"神级"的武器，这种武器换弹快，伤害高，射速一流，轻薄如翼。

一个技术一般的菜鸟，配上一把神级，便可把老鸟打得哭爹喊娘。

一时间，神级之下众生平等，菜鸟们更是对神级武器趋之若鹜，正所谓：技术菜，充钱补。

恶之花有一个竞争对手，区第二"暗杀厨房"。

厨房的队长技术一流，却多次败于恶之花。这次神级见世，他投进身价万千，多次抽奖终于得到了一把神级武器，名曰灭世。

那个周末的战队赛，此人手持一把灭世，把恶之花打成了善之草，恶神、屠夫皆亡于此。

战队里有人对这次结果不满，劝队长也买神级武器，队长笑

Supreme | 77

之，曰："这游戏已经不是当年的游戏，但是我还是那个我，那年出来闯，为了一把 AK 我日夜操劳，征战四方。终有一日得之，爱不释手，发誓守护它一辈子。灭世算什么？如一破铁，我瞧不起。"

赛斯本有心入手一把神级，如今听队长这么一说，不由心颤。愿追随他的意志，同时战队宣言也改成了这句话，成为了恶之花意志。

第二次战队赛，恶之花众人皆舍弃了主副武器，别人手持神兵，他们拿着匕首，一个个冲上去送死，惨不忍睹。

那天比赛过后，队长发了一个通告："下周五晚上，我与塞斯将决一死战，届时各位务必到场观战。"

塞斯不明白队长的举动，还有一些恼怒，莫非队长无法从他处获得成就感，要拿他下手，逞这最后一点威风挽尊？

他越想越觉得郁闷，心里暗自较劲说道："这一次我一定要打败你。"

那一周，队长几乎不怎么上线，而赛斯的在线时间每日最少 6 小时，身法与技巧他已经炉火纯青，训练之后，更上了一个境界。

决战日，座无虚席。

fever 叶率先在对话框打出："今日你我二人，争这天下第一。"

而在赛斯的心里，fever 叶已经不再是第一，不再是恶神，灭世出世以后，他的老 AK 已经不顶用了。

以前的种种再次浮现在他的眼前，他道："你是我大哥，你的第一，别人争不去。"

话音一落，双方开战。

塞斯第一次面对 fever 叶的那种强大的压力，如今因为熟识转而成为一种自信，他知道 fever 叶，知道"恶神"的战术，特意制定了"杀神"策略。

果不其然，战斗中他感受到了这位老队长已经力不从心，随着最后一个人头落下，他赢了。

塞斯，成为了那天下第一。

退出游戏，他看见了一条通知，显示他已经成为了队长，而叶已经退出了战队。

这是他没有想到的，完全超出了他的意料，他以为这只是一次普通决斗，没想到既分了高低，也决定了这队长之位。

他有叶的QQ，可是自从这一战过后，他再也联系不上这个人。从此恶神人间蒸发，再也没有出现在游戏里。

塞斯心里觉得他只是太过虚荣，最后面子放不下，才心灰意冷离了这是非之地。

可是他没有想到，如果叶只是无法承受失败，那么输给暗杀厨房之后，他为何不买神级，为何那么快意恩仇，在第二场比赛直接放弃排名。

他还小，没有想那么多。

塞斯买了神级，他的武器叫作"焚天"。

他与焚天的结合，有如鬼神。

暗杀厨房的众人再次被他屠得血流成河，一时间，他的名气已经不止是当年的叶纵横6区那么简单了，他成为了这个游戏的代言人。

春风得意马蹄疾，一日看尽长安花。

一日他行走在街上，路过市立医院，看见一人头发花白、面露愁容，坐在医院门口的长椅上。

他觉得此人很面熟，仔细思量，突然想起他就是当年的队长 fever 叶,他在空间看过这汉子的自拍。

他有些纠结,想着自己到底要不要跟他打招呼,正当他难以抉择的时候,那人抬起头看见了他,也是一惊,随即笑了一下,招手让他过去。

与君初相见,犹如故人归。

二人坐在一起,却不言语,塞斯拿出烟给叶递了一根。

叶拿过来别在耳朵上。

"当年你为什么彻底消失了?"赛斯问道,他点起烟,吞吐起来。

"我得了癌症。"叶说。

又是一阵沉默,赛斯很镇定,就像当年中考后叶安慰他那样,并没有表现出过分同情,这样会让叶觉得自己真的已经走上末路,他想用这种不在乎让叶觉得自己没有大碍。

叶打破了沉默,说道:"恶之花不能没有队长。"

他是故意的吗?赛斯心想,他突然想起那日决战之时,叶没有用 AK,而且从伤害结果可以看出他把防弹衣也脱掉了。

当日,赛斯登录游戏,把恶之花所有人都踢了出去,只留了自己一个人和空荡荡的公会。

恶之花没有了签到,战队等级一降再降。两年后这个曾经的第一公会,已经成为了一级的荒子野草,江湖上也再没有他的传说。

两年后,叶去世。赛斯参加葬礼,送花圈一只,写对联一副。

上联:人间死了天下第一。

下联:庙里多了如来一个。

狗屁不通,不影响他泪如雨下。

他登录游戏,换上了这个游戏最初的一个装备m16,进入了这已人手神级的世界。

他的焚天早就被他分解了。

他脱掉了防弹衣,带着M16,随便进它一个房间,16人有15人手持神级,犹如神仙打架。

他快速在键盘上打下:"你们可知道老夫是谁?"

有人接话:"不知。"

"老夫,就是那天下第一。"

"我修行数载,如今已无人能敌。故放弃一切,只用小刀杀敌,绝无二话。"

队友汤圆白:"吹牛谁不会?"

队友战神の月季:"又是一个刷存在感的,别管他。"

只有一人稍单纯,说道:"我不信,你看你这个一级的垃圾战队,你要是厉害怎么在这种地方。"

塞斯的手飞快地游走于键盘,打道:"说得好,老夫身怀泰否之技,手持神勇之兵,装成三傻白痴,笑看世间沉浮,是谦虚大善,你们懂个屁。"

这一次队友没有继续说话,他又道:

"遥想当年,我手持一把M16,踏破神鬼一方铁军千万,屠得日月萎靡,地裂天崩,万人皆跪高呼天下第一,我骄傲了吗?哪像你们一个个躲在神级的背后,技术菜得和屎一样。"

这一次,队友们的反应惊人的一致。

只见空旷的对话框上,陆续出现了两个字:

"傻X。"

馋虫案

【清年】

——我最终想到了天底下最极致的食物加工方法。

警察叔叔你听我说

1

"我出生在城中村,却取得今天的成就。你说句实话,佩服我吗?"

警察是个白皮肤小哥,正一脸嫌弃地看着他。

他见警察不说话,自己接过了话茬:"你们城里人阴险,你就承认你嫉妒我,有这么困难吗?承认别人优秀就这么不堪重负吗?"

傻 x,警察心里默念道。

他是一个新警察,第一次接案子,头一次审犯人,上面把这个案子交给他的那天,他一看见罪犯名字就哭了,他做梦都没想到自己能接手这么一个案子。

这简直是出师未捷身先死。

他甚至想到自己退休后和几个老伙计在公园里把棋盘一摆,牛皮一吹。别人开始侃自己接的第一桩案子,要不就是穷凶极恶的持刀歹徒,再次也是臭名昭著的江洋大盗。

而他这叫个什么事，亏自己还是前任警察局长的亲外孙，他外公的脸连着一块儿丢没了。

上面的领导看见他感激涕零，心疼地拍着他的肩，说知道他期待办案已经很久了，也不用太激动，只要好好干将来这种案子还有很多，只要他喜欢就都交给他办。

2

审讯室里，白脸警察和紫发老贼四目相对，只是气氛有些诡异。

这紫头发的气定神闲，虽身着囚服，却难掩一身王霸之气。

再看这警察，畏畏缩缩，急头白脸，半天问不出一个屁来。

"你叫什么？从哪里来？"

"你可以叫我洪高祖，我从天上来，我母亲当年登泰山，到半山腰时突然天降异色，随即风雨大作，一道惊雷劈开巨山，只见山中有一八宝琉璃塔，塔上写有天……"

"放你的屁！"白脸怒道，"我是说你身份证上的名字和住址。"

"我没有身份证，在我的王朝不需要身份证，每个人无名无姓，可随意更换代号、年龄，只要国家需要，他们愿意就可以虚报，只要……"

几个回合下来，白脸没招了，奄奄一息地趴在案宗上问了最后一个问题："你为什么被带到公安局？"

紫发愣了愣神，嘿嘿一笑道："朝闻道，夕死可矣。"他见警察已经无力抵抗，又说，"你若实在好奇，我可以给你慢慢道来!"

3

你看见我头发了没？紫色对吧，你知道这意味着什么吗？意味着至尊无上，我就给你从这里说起。

我知道你们现在管我们这玩意儿叫非主流，其实这些年我的品味也提升了不少，什么阿迪达斯和耐克我也买过，贵是贵了一些，一双要他娘的 100 来块。

"100 来块？你在哪儿买的？"警察打岔问道。

"煤矿村你知道吧？村里卖虾子的李师傅平常也……"

"大哥停一下，你老接着刚才的说，我再也不打断你的话了。"

4

这小警察还在实习的时候，有一次他师傅抓了俩法轮功大师，批评教育一番后师徒二人闲来无事，就坐在局里看大师练功，从早上看到晚上。

早知道当时就考武警了，不至于被烦死。他看着眼前的紫毛正眉飞色舞夸夸其谈，突然想起了这桩往事。

他的师傅刚离世不久，走之前把自己当警察一辈子的经验总结成了三个字送给他：捭阖爱。

捭是大开大合，遇见不可理喻、罪孽深重的犯人，无论他的犯罪动机如何，一定要雷厉风行、秉公执法，不可受贿不可同情，霹雳手段方显菩萨心肠。

阉是隐，面对小偷小摸的那些罪犯，纵然内心再有不满，也一定要装作慈眉善目引导他们，听他们的想法，对他们施予恩惠，而不是一味地使用法律手段恐吓威压。

而爱就是，无论面对哪一种犯人，一定要从内心深处幻想出自己对他们浓浓的关爱，这样既能占据谈判的先机，还能给自己加条人脉。

他师傅就凭着这三字真言在岗位上操守了几十年，以至于出殡那一天，来吊唁的人中最多的不是同事亲朋，而是曾经被他抓过的犯人。

当时这一场景令这小警察震撼无比，励志要成为像他师傅这样仁厚的警察，不以惩罚，而是以教化为目的。

所以他决定听完紫毛的故事，并找到他感情的爆发点，趁机把他的心理防线攻破。

要爱啊，他对自己说道。

5

"要爱啊，要爱啊。"审讯室的玻璃从内部看出去是一面镜子，小警察盯着里面的自己，觉得又帅了几分。

"你继续说吧，我听着。"他故意把声音放低，尽量让自己显得很温柔，让犯人找到亲切感。

"啊？！"紫毛咋呼道，"敢情刚才我说这半天你一直发呆走神呢？就你这听课效率怎么当上警察的，不会是关系户吧?"

白脸警察的软肋遭到暴击,瞬间一口老血压上喉头,忍了片刻,又生生吞了回去。

要爱,要爱。

"对不起,我刚才有点累没认真听,我先去给你倒杯水润润嗓子,一会儿慢慢说。"他转身不停地在心里默念,我是好警察,好警察要仁。

为了感化这个犯人,做好第一桩案子,他豁出去了。

几分钟后,这紫毛抽着香烟品着茗,继续说起了他引以为豪的犯罪动机。

"你也是个文化人,知道马斯洛需求层次理论不?不知道我给你说,这理论就是说你这人一天到晚都在想个啥幺蛾子,你为什么要做眼前事,为什么而活。反正逃不出这个表。

你看看啊,你为什么要坐在我面前?因为你是个警察。你为什么要当警察?因为你要拿钱吃饭,还要娶老婆,这两个就是最基本的生理需求。

有可能吧,你这人就算直接给你钱让你待着你也不干,还要来这里当警察,为啥?你怕人家说你窝囊废,你需要尊重,这就是第二层需要。

最后,如果又给你钱又给你尊重让你在家待着你偏不干,还是想来当警察,就是要和我作对。这是什么?这就是自我超越,有远大抱负和目标。这是第三层,也就是最高层次的需求。

你说我说得对还是不对?"

"有道理,说得不错。"白脸这几句话不是奉承,他确实觉得这套说辞能站得住脚,但是并不能证明什么。

"说得对是吧?说明你终究是个凡人。我从出生开始,就

馋虫案 | 89

只剩最高层次的需求。我一不好色，二不好吃。"

白脸听见他说自己不好吃，又想到他所犯下的罪行，一时间憋出内伤猛掐大腿，心里想到，你可真是一点儿也不贪吃。

"我从会说话开始心中就只有一个想法，那就是当皇帝，事实上我也确实做到了。继续说我的头发，我们那个县有20多个村，每个村都有一群贵族，他们的头发绿色、红色、蓝色什么都有，你看看，从一开始他们就站在那么高的位置，而我家穷得揭不开锅，谁能想到三十年河东、三十年河西，我现在成了这种身份。"

说到这里他猛吸了一口烟，吸了还不吐，只张开嘴眯着眼，让这烟如同往事一般随风飘去。

"辛苦的生活，我就不说了。你只要知道我每扛一捆柴火去街上卖就染一根头发，其余的自己体会。那个时候我们头发的颜色也有尊卑之分，不是你想染什么颜色就染什么颜色，也得看你自己在这群贵族中的身份。

一般的底层贵族，只能染黄色。而高级的贵族可以染红色蓝色，更尊贵的可以染粉色、绿色。只有贵族中的贵族，被称为仙哥的人才能染紫色。

这一开始我要染紫色他们当然不干，还给理发店老板放话说要是敢给我染紫色就砸了理发店，可是后来他们听说我染头发并不是一次全部染，而是每卖一捆柴就染一根。

从这时开始他们阻止我的人就慢慢变少了，我猜他们一是想看戏，二是被我体内的王者气息所折服，三来是觉得头上顶着几根紫毛威胁不了他们的地位。

就这么久而久之，我头发慢慢的变成了全紫色。"

小警察听到这儿觉得不太对劲，问道："你知道你的头发有多少根吗?"

"6000多根吧,别打岔听我说。"紫毛不耐烦地把他怼了回去。

"行行,你6000多根头发,你继续说吧。"

"当我的头发完全变成紫色的时候,已经没有人再敢怀疑我的地位了,也没有人敢和我一样做紫色的头发。我就成为了他们的领袖,得到了仙哥的称号。"

"这个时候我看见我手下的兄弟们,我突然发觉这是一个很可观的人数,"紫毛伸出一只手掌,把指头崩得笔直,说,"足足有500人啊。"

"你知道当年朱元璋起兵的时候有多少人吗?我和他差不了多少,我就寻思着就算最后当不了皇帝,也能弄个王位坐坐。

"所以我就找了一天晚上,把我最亲信的几个粉色头发的兄弟召集了起来,给他们一人发了一瓶旺仔牛奶,同时告诉了他们我的称王霸业。

"你还别说,这粉头发的就是不一般,听完了我的计划他们各个兴奋得像打鸡血一样上蹦下跳,和我一拍即合。

"那些天啊,是我人生中最得意的时光。我们几个人在那儿指点江山,招兵买马。短短的5个月内,周围几个县的贵族全部被我笼络到了一起,其他县几个紫色头发的仙哥也愿认我为老大。

"一天晚上我们开会,决定把马儿庄作为我的皇城,并且在近几日能举行登基大典。

"当时庄里有一个理发店装修得很像城里的风格,我很喜欢,就决定把这一块攻打下来当皇宫。

"第二天,我手下的另一紫发大帅带了50个人,40条来

馋虫案 | 91

复枪,就直奔理发店而去。"

"来复枪?!!"警察惊得喊了出来。

"塑料的你没见过啊?20元一把,上子弹又多,威力还大,是我的军队标配的武器,你再打岔我削你我。

我们还有攻城武器,那种红色鞭炮5000响。5个人一人一坨,到了地方点燃了往店里一扔,不一会儿里面的客人员工全部跑了出来,我们趁机冲进去夺了城池。

由于冲得太急,我们有个兄弟被炸瞎了眼睛。看在他劳苦功高的份上,虽然只是个绿色头发,但是我后来还是让他当了马儿王。

我们占领了皇宫以后店里的老板还想要回来,真是不知好歹,古之成大事者,攻城略池哪一个不是这样,他还像个娘们一样扭扭捏捏。

所以我就派了弟兄,拿着枪追着他射,他一路跑到乡里派出所,我们就直接把派出所封了,派出所才几个人啊?5个,那个时候我手下有1000多个兄弟,心高气傲啊。现在想起来,我就是这一步走错了。

当天晚上我们举行了登基仪式,我颁发了一部《仙天律法》,上了龙台,一行的1000多个贵族围着理发店里里外外地跪满了一条街,高呼吾皇万岁。当时街边的一些行人看见了觉得我是要做大事的人,想加进来,我没同意,只因为他们低贱的黑色头发。就像你一样。"说着他指了指这小警察,小警察也没动怒,只是一脸温和地看着他。

"我封了文武百官,公侯伯爵。之后决定进一步扩张领土,于是当天夜里宰相和几个元帅就留在我的宫里,当时打江山的时候我给他们喝旺仔牛奶,如今当了皇帝,我给他们喝的是二锅头。全部用的是国库的钱，也就是那理发店的收银台里的钱。

　　当晚我们决定攻下整个城，在攻城之前为了扩充军事实力，我们花了一个星期武装夺取了周围所有玩具店的枪支和彩礼店的鞭炮。

　　这期间，我那些个侯啊、相啊，因为自己当了高官，去饭店吃饭外面都有几十个侍卫围着，老板都不要他们的钱。

　　各个都觉得跟着我是修了八辈子的福分，我也去复印店给他们每个人打了一张官位证书御赐给他们，让他们拿回家光宗耀祖。

　　我当皇帝期间，百姓都说我这个皇帝好。谁说不好的我那几百杆枪真还饶不了他。

　　后来镇里最有钱的那卖烤鸭的刘老板，还把他女儿献给我当皇后，并设宴款待我们皇宫贵族，我当时高兴，就把我的皇后头发给染成了粉色。

　　有部电影叫《爱丽丝梦游仙境》你看过没？那里面有一个红皇后就是受到了我的启发，为了致敬我她只敢弄成红色这种低级颜色。"

　　听到这里，这警察还被他的疯言疯语弄得入了迷，虽然这和案件的方向越来越远，而且他也打心眼里瞧不起这满嘴跑火车的非主流，但是对于故事接下来的发展，他竟然好奇了起来。

　　"后来你的王国没了，王公贵族全都各回各家了，这是什么回事？"

　　"哎，这都怪我那皇子。"

　　"皇子？！你什么时候有的儿子？"

　　"不是我生的，是我认的。说起来他比我还大两个月，可谁叫咱是皇上，皇上说啥就是啥。

后来啊，我的皇子奉命前去攻下凤江岗的县城，我给他派了200人的大军，那阵仗看得我热血沸腾，觉得势在必得。

可是这小子偏偏不学好，半路上看见了一个叫"天上人家"的夜总会，一定要带弟兄们进去缓解疲劳休整一番。

人家保安不让他们带枪进去，他们啪啪几耳光，几颗子弹就过去了，疼得人家直让路。

在夜总会里几杯酒一下肚，几个女人一吹耳旁风，这小子脖子一粗居然要造反，他当即把夜总会占领，然后自立为王准备推翻我的统治。

可人家毕竟是县城里的夜总会，有背景。老板佯装打不赢他们逃了出去，结果一个电话就开来了两卡车道上的人。不过我的皇儿他不怕啊，任何私人武装力量都不足以和国家军队抗衡，他们有这个底气。

等人家那些人拿着真刀真枪上来的时候，他们还拿着塑料来复枪对着人家，用的还是我发明的伎俩，把炮仗点燃了放枪口上，看时间差不多了再开枪把炮仗发出去爆人。

那群人也不敢真的弄出人命来，只好用电击枪射他们，眼瞅着一会儿功夫就倒了七八个，剩下的两百来人一看就立马怂了，于是我皇子就下令撤军。

你说撤就撤吧，偏偏他们又嘴贱，本着输人不输阵的精神嚷嚷着说要回去找皇上，改日一定来报仇雪恨。

那老板一听哪干啊，这一放回去夜长梦多，于是打电话call了消防队的亲戚，弄了一辆洒水车过来，用高压水枪一路追着我的大军回了皇宫。我的军队开枪还击，但是地方的军车实在太强了。

消防车杀到的时候，我们用烟花去炸车，整条街都是鞭炮和消防车上生日歌的声音。

可那毕竟是高压水枪啊,挨一下头皮都能下来,那上面的哥们对着我们一通狂扫,硬是把我们头上的染料都给冲掉了。

我们好多王公贵族都说自己的彩发是天生的,生下来就是粉色、红色,这一冲下去立马变成了黑色,他们一下就失去了尊严,疯掉了。那消防车一看这招顶用,就拿着水枪到处冲,他们那些头发一掉色马上就崩溃了,满大街喊自己是个什么大将军,什么侯。

我的千人大军就这么被一辆洒水车给洒没了,可惜啊,可惜。从那以后,我的需求层次就从最顶层的自我超越变成了第二层的尊重需要。"

6

"在我的王朝被推翻以后,我整天郁郁寡欢。就连头上紫色的头发也不能威慑住那些街坊邻居了,我的皇后也离我而去,我又变成了什么都没有的孤家寡人,除了一头尊贵的紫发。

但是有人知道了我的事,人家慧眼识英雄,专门从澳门坐飞机来找到我,说有一件大事需要我去共同协商。

现在你们可能会把这个叫传销,其实不然,我觉得吧,不管黑猫白猫能抓到耗子就是好猫。

不管你们怎么说他,反正我是赚钱了。

人家那一个澳门的大老板,很有钱很有能力。我连一个皇帝身份都不要了,去给他当头目,从侧面就可以看出他多有能力。"

小警察把他的案底翻了一页，看见了他在传销窝点的那一段历史，也看见了那个所谓老板的真实身份，不由得啼笑皆非。

这老板就是一个卖龙虎油的，被城管砸了摊，又改行去卖老鼠肉。最后被抓了，进去蹲了一些时间出来摇身一变成了澳门老板，估计在牢里没少被高人指点。

小警察看着面前的紫毛提到这位老板时那崇拜的神情和向往的眼神，觉得还是暂时不要告诉他好了。

"对了，你吃过澳门大鲍鱼吗？当时我去那老板家的时候，他天天用澳门鲍鱼肉招待我，这种肉你绝对没吃过，鲜美着呢。

而且人家谦虚，几十亿美元的资产，住的就一普通平房，还和大家挤在一起住，说要切身体会基层民工的生活，这一点我做皇帝的时候都没有想到过。所以你说人家怎么能不成功？

别的不和你多说，人老板知道我人脉广能力大，曾经做过皇帝，就直接让我当了官，管一整个区的业务。

我刚上任的第一天，就送来了30个新人。个个都烈着呢，可我是谁啊？曾经几千人都管下来了，现在这几十人算什么，当我吃素的。

我把他们衣服一扒，只留内衣，然后通通关进小屋，然后找来七八个冷藏箱把制冷开到3度就敞开了往里面一放。

半个钟头以后，我就在外头喊，想吃饭穿衣服的就加入我们，不想的就送回家去。

结果你猜怎的，没有一个人选择回家。

其实我也没想好如果有人选了回家我该怎么做才能杀一儆百，好在他们都聪明，知道这个选项一选就没命。

这就是我当皇帝练出来的本事啊。

他们既然选择了加入我们，我就对他们很好了，先找了一个手下唱白脸,进去把他们拳打脚踢打骂了一通。

等打完了骂过瘾了,我急忙进去救场。把衣服一发,食物一送,几句慰问的话一说。这群没见过世面的傻子立马就被我勾了过来。

你说,要不傻能至于到我这儿来吗?归根结底都是因为贪。

所以对付贪的人,我自有一套方法,就是永远都恩威并用,一边给他们吃甜头,一边又不让他们吃饱。

他们用手机的时间会被我严格控制,每天我都要他们一个一个地打电话给家里人报平安,说自己发了大财,生活好着呢,一边又让他们借这个机会发展下线。

其余时间就把他们的手机全部收起来严格管控。

我可能天生就适合干这一行,没过多久他们拉来的下线已经严重超额了,整个区域所有的基地全部用上,人员也还是超出了。

光是入会费的分红我就收了20多万呐。佩服我不?

所以不到半年,我就成为了大区经理,曾经我负责管辖的那个小区域,如今交给了一个把全家人都拉过来的女人。

这样也好,他们弄成家族企业更方便管理。

中间有很多人试图逃跑,但是无论是火车站、飞机场还是警察局门口的小饭馆里都有我们的人,只要他们一跑到这些地方立马就会被逮回来。

然后这一辈子都出不去。

只是后来啊,也不知道是怎么回事,突然有一天我们就被连锅端了,我们整个集团的工作居然一直被视频记录着,而且那个摄像头的角度之近,有时候就贴着我的脸了我都没有发觉。

摄像头里还有很多场景和人物动作我根本就不记得做过,

但是镜头里面那个确实是我。

好小子啊,藏得太深了。就这样录了我这么久的时间,然后把这些视频通通发给了警方。

最令我无法理解的是这些人的手机明明都被我收了,为何还能把东西发出去。我们也搜过身,身体里能藏手机的所有部位,只要有洞的地方我们都找过了。耳朵眼都没有放过。

哎,我的商业帝国啊,虽然不服气,冤枉,但是就这么没了。

本来只是人人见到我都会叫我一声老板或者经理,然后点头哈腰的。

现在呢?我的第二层需求也没了,我只剩下了人性最本质的需求,食色也。

可是这个色,我很难沾边了。还是因为组织被查这事儿,当时警察破门而入我吓坏了,直接爬上4楼楼顶就跳了下去。

这不下面有一个红绿灯那个横杆吗?我就寻思跳下去了以后抱住,结果没计算好愣是直接从四层楼的高度直接骑了上去,我当时就下半身一麻然后晕了过去。"

听到这儿,小警察不自觉地并拢了双腿,似乎那种痛彻心扉的感觉已经顺着这个故事蔓延到了他的身上。

"唉,多的不说,多的不说。从此以后,我的人生便只剩下了吃这个乐趣。"

7

"从里面出来以后,我学乖了。我这次既不想当皇帝,也不愿当老板,只求一日三餐顿顿美味,一年365天,天天开心。

那时候我在澳门有几个私人账户，我悄悄地藏了150万进去。

出来以后我把这些钱取了出来，开始寻求世间的美味。

我顺着《舌尖上的中国》把各方美味全部吃了一遍，觉得人生本当如此。能有这种生活，当什么皇帝呢？

后来中国菜无论大小，无论菜系，我都请名厨给我做，通吃了一遍，一日三餐不重样。

就这么过了两年多，国内能说得上名头的菜，我也都吃腻了。于是我便开始向西餐的方向进攻。

我去吃遍了所有的米其林餐厅，尝遍了各国菜肴。

可惜这舌头不争气，越吃越没劲。总觉得世界上的味道也就那么几种，再怎么排列组合也满足不了我的饕餮之欲了。

我只得换一个方向，去寻求极其珍贵的食材和十分刺激的食物。

我吃猴脑鳄鱼皮，吃熊掌炖雪雕，最后，竟然吃起了人。"

"你杀过人？！"小警察惊讶万分，手已经做好了拔枪的动作，然而他并没有枪。

"嗯，但是我没有犯法，那个人也心甘情愿被我吃，他没有受伤没有死，还额外得了一笔收入。何乐而不为呢？况且我出价还很高。"

"我不懂。"

"反正是合法的，你别打岔，"紫毛道，"你别总是把我想得那么坏，一个君主心怀天下，哪里有这么多花花肠子。反正就是从那以后，我这嘴就越来越挑剔，越来越难管。

我的生活，随着我对美食的瓶颈，也迎来了低谷。

但是，有一天我突然开悟了。"

小警察听到这里实在是崩不住了，在心里默念：求求你别秀了。

"我突然意识到，世界上并不是美味的食物就是好的食物。

说真的，我觉得人参汤很难喝，有一股怪味。我用的还是雪参，海拔6000多米的地方，那些农户冒着生命危险弄来的极品。

但是这个东西，虽然难喝，但是吸收天地灵气，日月精华。能被我吃下去，那简直是一种莫大的福分。

对于这种福分的享受，实在是超过了味觉本身。"

小警察隐约觉得，自己离真相不远了，他这次被抓进来，其真正的犯罪动机即将浮出水面。

但是他还要忍，他是好警察，仁爱博学，教化为主。

他不会直接问紫毛为什么要做这件事情，他一定要听紫毛慢慢说，然后进入罪犯的心灵深处做引导。

再坚持一下，自己的举动一定能够扬名，让局子里的人看见这个关系户也绝非等闲之辈。

"后来，我对于食物的研究，越来越深入，见解也越来越独特。我吃的东西，你想都没想过。"

警察冷哼一声，心说是没想过。

"我吃羊羔毛毯蒸鸟蛋，还吃狗尾巴花炒马骨，吃得那是一个香，一个境界。绝对是登峰造极，人类无人可以超出我。

不过啊，我对食物研究越深入，就越会被人类这种动物所吸引。

万物之灵啊！体内有阴阳八卦，大小周天，任督二脉，七筋八络。一个人本身就是一个宇宙，一方天地。

绝无仅有的刺激，只是吃表面，怕是不能满足我的追求。

所以，我最终想到了天底下最极致的食物加工方法。

我打入幼儿园内部，混到了厨师的位置，把我的那些最稀有的食材全都送给了幼儿园的小朋友们吃，你想想，那些天地的精华在人体内经过这么多奇脉的运作。

啊，只是想一想，就不能自已。"

小警察憋不住了，去他的仁和慈悲掸闿爱，去他的升职加薪扬名立万。

他听了这么多，此刻内心的困惑已经达到了极致，不问不行，不吐不快。

8

小警察一拍桌，声嘶力竭地吼道："说了这么多，这就是你在幼儿园厕所里吃 X 的理由？"

明天来人 【清年】

——这个人本该活在明天。

这个人本该活在明天。

1

长亭外，古道边，芳草碧连天。

连天处，夕阳街，有人在下棋。

下棋的这位,可不是什么善茬,眼瞅着挺正常一大老爷们儿,却生了一颗姑娘的心,身穿红花旗袍,头扎双马尾辫。就这样还不够,他说话做兰花指,发音嗲里嗲气,还经常被人从女厕所里赶出来。

偏偏这么一女性化的人，处理起社会上的狠事来却毫不马虎，手段霹雳毒辣，令人心生畏惧。

他就是出了名的地头蛇，当地人称欢哥。

他下棋不为陶冶情操，不为提升智慧，只为做好一桩买卖。

说通俗一些：坑人。

2

夕阳街是个小有名气的景点,游客量十分可观。

欢哥的买卖,主要针对外地人。

平日他选个人流密集的三叉口就地一坐,然后拿出象棋盘摆出一副残局,接着就吆喝开了:"下——棋——嘞。"

他这一吆喝,别的不说,单凭他这双马尾兰花指的扮相,就能吸引不少人驻足围观,还以为是当地的风土人情。

那些人一止步就能看见他摊子旁边立了块牌,牌上几个大字:破局者奖金1000,报名费每人200。

有时候遇到些懂象棋的,一看这局心里就是一乐,哎,妈!这不正是一个最经典的《火烧赤壁》嘛,咱爷们下了几十年象棋,就不信拿不到你这1000块的奖金。

可偏偏越是这种善棋者就越容易上当,他们头脑一热交了报名费,然后全都滚回家喝西北风。

这一切,只因他们中了欢哥的局。

3

欢哥这局,算不上什么奇妙,全凭一些小聪明。

一来象棋界有些经典残局,必须要红方先走才能胜利,若是黑方先走则必输无疑。

欢哥摆棋的时候把局中的红黑双方互换,自己先走,则对手稳输。

这种偷梁换柱的小手段，竟害煞了许多高手，枉他们下棋多年练就一副高深棋力却看不出其中把戏，都是下了几步才发觉好像不对劲，又不太说得上来。

还有个别人就算看出来了也不以为意，这棋局的走法他们烂熟于心，理所当然地觉得要赢棋就必须按照自己的路数走，不然根本无解，自负得要命。

曾有一老汉，路过摊边时看了两眼，然后就一脸嘲讽地问欢哥："你知道你为什么挣不了钱吗？"

欢哥故作憨态，头摇得像拨浪鼓，两个马尾辫也跟着摆动。

那老汉一见这老板傻里傻气的，心想这1000元的奖金莫不是天上掉馅饼，不由得越发得意，嗓门也提高了一个八度，"你呀，根本不懂棋！"他这一嚷嚷，吸引了许多过路的行人，纷纷围过来。

见自己成了主角，老汉有些飘飘然，说话的那种语气神态都变了，仿佛他就是象棋界的泰山北斗。

"你这棋啊，只要是研究过两天棋谱的人都会下，来来来，你们听我说。"他一边说一边招手让旁边的人凑近些看。

"不是我吹，我8岁的时候就能解开这种局，你看见那个将了吗？只需往左一步，对方立马山穷水尽，这个叫御驾亲征。"

旁边人一看，还真是如此，全盘的散兵游马只因这将位的变换，竟在瞬间凝成一块铁板，这棋实在是妙，以至于走到这步，就算水平一般的人也能看出胜局已定，红方无力回天了。

"怎么样？小伙子，今天这1000块你输得不亏，我算卖给你一个教训，等会儿送你一个局让其他人解不开，咱们也就别走这个过场了，你直接数给我800就成。"

欢哥听罢，只道："咱们下了再说。"

老头一听，心说你这死鸭子还嘴硬，都说得这么明白了你还没看清局势，我还真得好好教训教训你这傻冒儿。想着就从钱包里拿出200元扔到棋盘上，欢哥正要拿，被老汉一巴掌打到手背上，说道："别碰，我马上还要收回去。"

说罢他蹲下身子把黑将拿了起来，只见他两只夹棋的手指激动地抖着正要落子，这时欢哥突然喊出一声："慢着！"他这一嗓子本性暴露，和之前装出的那种傻样截然不同，眼神叫一个凶。

老汉见状真就没敢落下去，抬头疑惑地看着欢哥问道："怎么了，想反悔啊？"

欢哥也没正面搭腔，只是皮笑肉不笑地来了一句："没听说过，红先黑后吗？"

欢哥这话一出，旁边巷子里突然冲出七八人，各个手上拿着家伙，他们遣散了人群，只留那老汉在中间围着。

老汉看见这场面才反应过来自己着了道，也不敢去争那奖金了，只伸手去摸他的报名费，嘴里念叨着："没注意，算了，算了。"

俗话说得好，上贼船容易下贼船难。那老汉正念着，突然眼前闪过一道黑影，就看见欢哥一拳砸在他的面门上，力道奇大，打得那老汉脸都变形了，后者发出一声闷哼，拿钱的手还没来得及收回来就径直瘫倒在地，直犯抽抽。

"输了棋还想拿钱啊，下了这么多年象棋都不知道红先黑后吗？"欢哥这次笑得十分灿烂，模仿着刚才老汉的口气说道，"我就算卖给你一个教训。"

说罢让手下收空了老汉的钱包。

在那人出现之前，卓子也是他当时的手下之一。

4

其实每个男人心中都有一个英雄梦，只是有些人能力充足、时运正好，只需运筹到位再下足功夫，便能名垂青史。

而另一些人，尤其是十几岁的青少年，则乱怀着一腔热血，又偏偏坐在教室里学三角函数。这种人若安分守己，顶多就成为一满口骚话的"屌丝"，看着虽然恶心，但是却不怎么害人。怕的就是卓子这种行动派，从一开始的校园施暴到拦路抢劫，一不留神就成了混混，而混混这种群体明明是社会的最底层，又偏偏有着一种莫名其妙的清高，谁都瞧不起。

可人毕竟是情感动物，个体脱离整个族群的时间久了，难免有些寂寞空虚，这个时候就会想去找一点慰藉。

所以那些没有名号的小王八蛋总想找个大哥跟着混，哪日若是其他人惹到他，他就先把自己大哥拿出来顶着。

事实上他跟的这大哥无论名头再响，归根结底可能也就是个街边卖豆腐的什么婶的儿子，他妈还指望着他有朝一日回去继承家业呢。

几十年一晃咱们就能看见豆腐摊上一大汉叼着烟，张口就是："我那些年……"

卓子那些年爱混、爱玩、爱打架。而且还盗亦有道，从来不收一般同学的保护费，虽然混成了老师口中的死流氓，但是最起码的正邪是非还是分得清楚的。

他专门黑吃黑，就盯着那些收保护费的人欺负。

只要听见谁在学校里祸害同学，卓子就带上一群哥们去摸他个底儿掉。

明天来人

这样做，一来名正言顺，二来收益颇丰，三来他们还不敢告老师。

久而久之，他的名声还散了出去，毕竟好同学眼里这家伙主持公道人畜无害，心里还喜欢，坏同学仅能自保，不敢来招惹他。

这种稳定的状况维持了两三个月，卓子的生活节奏便再次被打乱。都说人怕出名猪怕壮，自从他的名字在周围的混混之间传开后，一些道上的大哥就想把这人收过去做事。

事实上要真遇上这些整日刀不离手的狠角色，卓子心里比谁都怵得慌，逃都来不及，哪里敢真去帮他们作威作福。

只恨骑虎难下，等他意识到了问题的严重性想脱身好好学习的时候，欢哥找上他了。

中间的过程不便叙述，只言最后卓子骨头太软，屈服于欢哥恩威并施的手段成了他手下的头号小弟。

而这时候，他的心已经不再健全，它坏掉了。他曾经秉承的那些道义，正从那坏掉的口子流出去。

谁想当个混混？谁又知道自己成了混混？

卓子跟着欢哥的时间足有三年之久，期间从未见过任何人在欢哥的各种套路之下赢钱，最本事的几个家伙也仅能拿回老本。

直到这一天……

5

时值六月中旬，天气异常炎热，卓子伙同七八人窝在后街的小巷里挤成了一团麻花，豆大的汗珠直往下掉。

他旁边的兄弟们都脱掉了上衣，像狗一样伸着舌头大喘气。

卓子点燃一根南京，把剩下的口粮分了过去。

老刘接过烟戏谑道："你怎么尽抽些女人的烟，这么细一根合不来我的胃口。"

卓子懒得接茬儿，没有理他。

这时从巷口传来一个陌生的声音："你怎么不去抽古巴大雪茄，一根根都是从小女娃的腿上搓出来的，又粗又带劲。"

众人把目光投向声音的源头，只看见一个穿着深红色背心的精壮青年人正笑眯眯地向他们走来。

老刘在混混之间没啥地位，一个典型的二五仔，自言黑白两道通吃，实则两道皆垫底。

不过他这人有一个特点，就是只能劝不能骂，甚至不能怼，否则就情绪失控。

所以这一个古巴雪茄的闷豆吃下来，他已经到了情绪的爆发点，把烟盒往地上一扔一踩，大骂："你是从哪里冲出来的野畜生！"

那人不恼不怒，依然气定神闲地以一种均匀的步伐慢慢地向他们逼近。

也许是错觉，这一瞬间卓子从这人的身上感受到了一种气场，一种场面人才有的气场。

这种感觉卓子从未有过，他甚至瞧不起自己竟然会产生这样的感觉，他的兄弟们都十分信奉欢哥的社会真言："在我们这条道上做事，只可以输人不可以输阵。"这句话使得这一帮兄弟经常以小吃大，个个都成了奥斯卡影帝，搞定了很多硬事。

所以卓子见那人依然不紧不慢地走向他们，脸上还挂着宠辱不惊的微笑，顿时觉得自己的身份受到轻视，一时竟无名火起，

明天来人 | 111

把烟头一扔，对着兄弟们喊道："先给老子打了再说！"

见卓子带头，那几个兄弟如同吃了定心丸，撸起袖子就要开干。

他们有规矩，只要有人率先开了口，就算真出事也是开口的人坐大，承担所有责任。

卓子话音刚落，老刘就像脱缰的野马一般冲杀了出去，两步便跨到那人的面前。

但是那人却不畏惧，用一种饱含温情的眼神盯着老刘。

"你啊你，何时才能改！"他无奈地摇了摇头。

老刘没和他废话，只见他下腰铆足了劲，拳头已经抬起，对着那人的太阳穴就砸了过去。

卓子一看这架势吓得心跳都差点停了，没想到这小子下手这么没有轻重，他这一拳下去怕是自己也得跟着去阎王府里走一遭。

就在卓子心顶到嗓子眼的这一刻，那青年突然说了两个字："路遥"。

只看见老刘的拳头在空中猛的一停，一脸错愕的表情盯着来人，不知道在想些什么。

那人见他停了下来，又接连着蹦出了几个词。

"玫瑰花，木屋，冰箱。"

这些词都连不成话，其他人在旁边听得一头雾水，但是老刘那边，居然因为这短短的几个字神情大变，转而泣不成声，哭得站都站不起来。

大家也算是老搭档了，谁都没想到老刘还能有这一面，都在旁边看得出了神，都没能理解这是怎么一回事。

那人见危机已除，便拍了拍老刘的肩膀道："回家吧。"

老刘站起来，背对着大家做了一个拜拜的姿势，头也不回地离开了巷子。

老刘走后，那人再次恢复成先前那种淡定的神情，嘴角一抹笑，慢慢地走向其他人。

像对付老刘一样，他每走到一个人的面前都是这样不连句地蹦出几个词语。

卓子的兄弟们听完了他不连贯的几个词语后，有些羞愧不已，有的惊恐万分，还有一个号啕大哭跪地磕头。

很快兄弟们都崩溃了，一时间各自争相忏悔，一条普通的后巷瞬间变成菩萨的佛堂。

卓子是最后一个，青年走到他的面前拍了拍他的肩，语重心长地说："要不是因为你我能受这么多苦吗？"

卓子正要开口问。

"不，你现在还不认识我。"他答。

"那么……"

"苹果，曾祖父，骨灰盒。"青年对卓子说道。

6

这几个词像冰块一样从他的口中机械地蹦了出来，听得卓子直冒冷汗。

卓子以为这个秘密只有天知地知，若是自己的曾祖父在天有灵，那么也是知道的。

卓子8岁的时候曾祖父过世，父母带着他前往守夜，由于曾祖父的死有些特殊，不便保存遗体，家属便第一时间把尸体火化了。

他们到的时候没有看见水晶棺，只有一个骨灰盒放在灵台上，上面贴着他曾祖父的照片。

卓子那时候小，正是七八岁讨人嫌的年纪，由于和曾祖父的往来很少，以至于他的离世并没让卓子觉得有多悲伤，反倒恬不知耻地觉得这种齐聚一堂的场面很好玩。

当天夜里卓子辗转难眠，门口的哀乐吵得他脑袋疼。于是便起床瞎晃悠，这时他看见灵台上面有个花圈，那花圈镶了一圈镀金的丝很是惹眼，就想爬上灵台去摘下来，结果一个没注意把骨灰盒打翻了。

他那可怜的曾祖父当场骨灰撒一地，还有一些和蜡烛的油以及供果上的水珠混在了一起。

卓子虽然年龄不大，却能意识到问题的严重性，知道自己捅下了大娄子，吓得腿都软了。

当时环境不允许，他用手把那些骨灰顺着地板一路抹到了墙角。

灵堂地面是用灰色的糙砖所铺设，和骨灰颜色相当。

他这一路抹过去，从颜色上并不太看得出来。

等他抹到墙角的时候，那些骨灰也所剩无几。

他处理完这些以后害怕家里人从骨灰盒的重量上发现猫腻，便从旁边的供果中拿了两个苹果塞了进去……

直到今天他那一大家子人还不知道他们每年清明节所拜的其实是两个烂苹果。

7

这一段往事在卓子的脑中飞快地闪过,他盯着眼前的青年人,绝不相信这家伙突然说出这几个词语是出于巧合。

"你为……"

"是你亲口给我说的,以便日后我们再次见面不用废太多话。"他眨了下眼睛,补充道,"能让你把这个消息告诉他的人和你是什么关系你应该清楚,对吧?"

卓子点了点头,一时间没想好该说些什么。

"那么,好,你先等我出去把姓欢的娘炮给收拾一下,回来再和你慢慢说,你可千万不要插手哦。"

说着他就朝着巷口走了去……

8

欢哥正在等生意,来了一小年轻。

"大姐,生意如何呐?"

欢哥头次被人这么喊竟不觉得生气,相反还有一些开心。

"一般,要不你来捧个场?"

"行,您这棋是红棋先走还是黑棋先走啊?"

欢哥冷笑一声,道:"按规矩走。"

"按你的规矩还是我的规矩?"这年轻人笑得很灿烂,但是看起来很假。欢哥隐隐感觉到这假笑的背后好像有点东西。

"嘿,你这话说的,我们俩得按照古人留下来的规矩走,我红色,先走。"欢哥决定不再卖关子,主动出击。

他的招数可不止这一招。

"红色先走我就输定了,不玩了不玩了。"这小年轻转身就要走。

"哎,你等等,"欢哥忙拦住他说,"是我弄错了,该黑色先走,你先。"

这人听欢哥这么说,才又回到棋摊前。

"交钱吧。"欢哥不耐烦地伸出手。

那小年轻听了忙从怀里掏出两张票子规规矩矩地递上。

欢哥拿到手上一看,竟是两张冥币!

他当即把棋盘一掀,就冲后巷吼道:"都带家伙出来!"

然而过了一会儿,后面什么动静也没有。

再看这青年却在一旁拿着本子记着东西,一边记一边嘀咕,丝毫也没有害怕的样子。

欢哥气不打一处来,决定亲自上阵。只见他一步跨上去抓住了这人的手腕,紧接着反手就是一个裸绞。

奇怪的是那小青年根本不做反抗,只是把手掌放在欢哥面前伸出了五个手指头,接着收起大拇指变成了四个、三个……

欢哥算是看明白了,这小子这是在做倒计时,八成是在数自己还有多久会被绞晕过去,欢哥竟也觉得好笑,心说这人还真是一个奇葩。

等到那人的所有指头都收了回去,紧紧地把拳头捏住的那一刹那,欢哥突然眼前一黑,与世长辞了。

9

　　欢哥的死对卓子的打击很大，怎么也无法释怀，悲痛之下连吃了3碗牛肉面。

　　青年人坐在卓子对面，一言不发地盯着他吃完，然后起身付了账。

　　"你怎么这么狠心？直接把他杀死了。"卓子的语气充满了浓浓的责备。

　　"这一点你从来就不相信我，我都说了800次了，正是因为他要死我才会来，而不是因为我来了所以他才死，你怎么就不明白呢？"

　　卓子听得一头雾水，埋着头嘀咕："你来他死，他死……你不来……"就这么理了一会儿还是没弄清楚，气得破口大骂，"去你的什么你死他死的，你这小子搞些什么名堂呢？"

　　说到这里，卓子才发觉自己想称呼眼前这人却不知道人家的名字。

　　"我叫史吉。"青年人说道。

　　"哎？史记，我还叫司马迁呢，算起来也算是你爸爸。"卓子没好气地说道。

　　那人没有接他的话茬儿，而且冷不丁说了一句："5秒钟后掏耳朵。"说罢就这么一言不发直勾勾地盯着卓子。

　　史吉的眼神一直是这种波澜不惊的神色，反倒弄得卓子心里虚得慌，再加上他之前的表现，让卓子产生了一种这人说话就得照做的服从感。

　　虽然不明白他的意思，但是卓子还是按照他说的在心中默

明天来人

数了五个数,然后把手抬起来就要挖耳朵。就在他刚抬起左手这一刻,史吉背后一个小伙计绊到了桌腿,他抬着的那碗牛肉面就擦着卓子的胳肢窝飞了过去,直接扣在卓子身后一小姑娘的脑门上。

史吉笑得合不拢嘴,一边笑一边还说:"这碗面本来是要扣在你肩膀上的。"

事情发展至此卓子已经疑惑到了极点,要是再不弄明白他到底是怎么一回事,他可能会活活憋死。

卓子刚要开口,史吉就抢过了他的话。

"接下来你会问我这人到底是怎么回事,我会告诉你我其实一直活在这一天,然后你会说真他娘的扯淡。之后我随意让你问只有你才知道的秘密。"他这一整句话连珠炮一样射了出来,打得卓子晕头转向措手不及。

不过令卓子佩服的是他竟然听懂了史吉的意思。

"意思是你已经把今天这个副本打过无数次了?"

"你已经完全理解了。"史吉答到。

卓子还是不相信,但想到了他刚才说的话,发觉问问题确实是一个好办法,于是便决定问他几个十分隐私的问题。

卓子清了清嗓子,问道:"你知道,我学的第一首钢琴曲是什么吗?"

"你们城里人就是会玩儿,一个混混弹什么钢琴,还一摸琴就想弹《卡农》,怎么不弹死你。"

没错,卓子弹的第一首曲子确实是卡农,他虽然心里惊讶,但是脸上还是装得若无其事地说:"我这点事谁不知道,这个不算,再问一个。"

这一次,卓子决定故意考考他。

"我刚跟着欢哥那天,他请我去吃了一顿牛肉火锅,那家店在什么地方?"

史吉发出一声怪笑,随即竟夸起卓子来:"每次到了这个地方我都觉得你的演技真的好,说起谎来跟真的一样。人家欢哥就分了俩包子给你,一个豆沙的一个肉汤的,怎么就成了牛肉火锅了?"

听到这里,卓子是不服不行,看样子这人对自己的了解远比想的要深。

卓子喝光了面条汤,寻思了一会儿问史吉:"其实刚才我问你的那些问题,你已经听过很多次了吧?"

"可不是,你就只会问这几个问题,还以为自己多机灵。一开始我要用一整天给你解释并且让你接受这个概念,好在现在越来越熟练,只需要一个多小时就能让你彻底明白我的意思,效率高多了。"

随着谜团越来越大,卓子的好奇心也被勾了起来,这个故事可比刚那几碗牛肉面馋人,卓子有些激动起来,拿着筷子指向史吉说道:"快给我好好说说这是嘛回事儿。"

10

史吉正了正身子,换上了一副散仙的口吻,然后摇了摇手中并不存在的白纸扇。

这还得从更久之前说起,说起来我并不是第一次遇到这种反复活在同一天的事,我第一次重置发生在我大学时光的一天早上。

那年我在的城市迎来了一场久违的大雪,当时我正在睡梦之中,被我那倒霉室友一声"下雪咯"给吵醒了,气得不行。

我另外一个室友有很重的起床气,比我暴躁多了。被他这一吵气了个半死,半睡半醒间抄起枕头就胡乱砸了过去,偏偏歪打正着地砸到我的玻璃水杯。

为什么我对这一个场景能记得这么清楚?你是不知道在那之后的足足一个多月的时间里,我每天起来都是这个场景,它意味着重置的开始,是循环的开头,非常瘆人。

第一次遇到重置我一整天没吃下饭,逢人就说这一天我已经过了一次,当然没人相信我。

换个角度,如果不是我自己亲身经历,而是由旁人给我说这件事,他纵有东方朔的口才我也会觉得这孩子脑子瓦特了。

先说那一天我们学校有几件大事,第一件是化学系有个女生被人泼了一脸硫酸,第二件是有个明星来我们学校宣传电影。

之后的一个多星期,我不断地见到那个明星,不断地听见那个女生被毁容的新闻,这个时候我并没有要去改变什么的意识,只是想寻求能让自己逃出这个怪圈的方法。

我们家住得偏僻,下飞机后要转地铁再转大巴最后坐上半小时牛车,从学校回去最快也需要 36 个小时。这个怪圈带给我最大的恐惧并不是它本身有多匪夷所思,而是其背后意味着如果我逃不出去,就一辈子都无法再见到自己的父母。

所以当时我完全没有心情去管别人的事,只顾自己满街乱窜,横冲直闯地惹祸,我希望能把祸惹得大一些让事情严重一些。因为我主观感觉也许祸惹得越大要重置也就越困难。

我去砸了别人的店,去赌场里偷钱。

结果一觉起来,别人店是好的,赌场钱是足的。

你这个时候心里在想：如果你不睡觉会怎么样，对吧？我也不笨，并不是没有想到过。

大概事情到第十天的时候，我实在受不了了，才后知后觉地想到了不睡觉这个办法。

说干就干，当天晚上我喝了七八罐红牛，然后找了一个最喧嚷的酒吧坐着，直到他们凌晨4点打烊后我又去找了一个人最多的网吧包夜。

网吧里的人都很亢奋，他们组队打游戏，一场胜利下来会欢呼雀跃，我也跟着这个气氛瞎嗨，强撑身体保持神智清醒。

眼看着天已经蒙蒙亮，魔咒似乎就要被打破，我激动起来，结果刚才我说的那些酒吧、网吧，全都是一场梦，我从室友"下雪咯"的叫喊声中再次惊醒。

伴随着玻璃杯的落地声音我抱着枕头泣不成声。

那起床气重的哥们还吓了一跳，忙在旁边安慰我说大不了重新给我买一个好的杯子。

事后我去看了，那个酒吧和网吧都是真实存在的，我的那些事情也是真实经历。

只是不知道什么时候就进到了梦里面，这个梦和现实无缝衔接，以至于我根本意识不到，等时间一到梦一醒我又躺回了寝室的床上。

无论我前一天走到了天涯海角，它都能给我整归位。

在这种精神压力下，你猜我想到了什么？

说到这里，史吉突然瞪大眼睛把手指戳在桌上，用一种有些恐怖的表情盯着卓子看，似乎在等他回答。

"是……死？"卓子试探道。

"对，我想到了死，在又一次被吵醒后我直接从阳台上跳

明天来人 | 121

了下去，我那室友哪里见过这么大的起床气，在我跳楼落地的最后一瞬间，他脸上还挂着一副如梦似幻的表情。

然后下一秒我就从床上醒了过来。

我意识到发生了什么，我一跳再跳，后来还抱着室友一起跳，跳多少次复活多少次。

我除了跳楼，还服毒，总之各种各样的自杀秀都试过了。

有时候我走到市中心人最多的地方大吼一声：'你们请看！'等别人都看向我后，我一个后空翻。

头着地。

然后醒过来。

多么绝望你知道吗？如同一个苍老的灵魂住进年轻的身躯。

于是我决定接受现实，改变生活态度，我要做个好人，过好每一个这一天。

又一个早晨来临。

随着'下雪咯'的声音响起，我一个鲤鱼打挺腾空而起接住了飞在半空中的枕头。

然后转体360度打了那大嗓门的屁股。

做完这些我快速下楼吃了早餐，接着去复印店打印了一张纸：化学实验课我要对着你的脸泼硫酸，落款xxx，这xxx就是那个罪犯的名字。

做好这些我折返回食堂，在一至二楼中间的楼梯角处找了个角落躲着，不一会儿一个钱包从我面前飞过，碰到墙壁后重重地落到了地上。

随着钱包飞来，二楼的楼梯口传来了一声：'哎呦，疼死我了！'我捡起钱包把打印好的纸条塞了进去，然后还给了这个不小心摔倒的冒失鬼。

她就是那个即将被毁容的女生，还挺漂亮。

当天下午的新闻变了版本，不再是女生被毁容，而是男生被警察带走，作案工具也被没收，实锤。

我改变了她的命运，然后这一天过去了。

当我再次醒来的时候没有杯子摔碎的声音，那个大嗓门正沉浸在梦中。

重置消失了，这个时候我才明白这个循环的出现就是为了让我拯救这个女孩，这才是主线任务。

后来发生了几次这样的事情，我都是怀着救苦救难的慈悲心找主线，然后顺利通关。

不过你的这一关是真的难到我了，至今我还没有找到通关的条件。

一开始我还以为是要救那个欢哥，但是他命数已尽，就算是提前几个小时把他绑到医院去也还是救不活，一到点就准时地心跳骤停。

找到最后，我发觉这一次的循环，主角好像是你！"

11

"是我？"我指着自己，一脸的不愿意。"你说是我，有什么根据吗？"

史吉听到我这么问，似乎有点犯难，摸着下巴吞吞吐吐地说："有……有就是了，你别问这么多。"

见他这样我心里已经有了点谱，没有再把话追问下去，而是把话题一转问道："那么你和我认识了这么多次，找出了怎么让你通关的方法吗？"

史吉喷了一声，脸色有些难看。

"还没有找到，因为你这一件事有些麻烦。以往我要跳出循环只要拼命做好事就能撞上主线，但是这一次我把这个区的人全都帮衬了一回，还是没能弄出个眉目。"

正说着史吉指着面馆门口的一个乞丐说："那家伙你看见没？"

卓子忙点点头。

"那家伙脚底有一个鸡眼，还是我带他去医院取下来的。"

说完史吉苦笑一声，说道："我还是把希望放在你的身上，我们认识了很多次，随着关系的深入我越发觉得你其实是一个可以有大作为的人。"

他这话说得卓子心里有愧，卓子承认自己曾经是有过梦想，可是后来跟欢哥也没干什么好事，尽做了一些违背道德见不得人的勾当。

"我觉得这次的任务很有可能是让你彻底地改头换面，所以我一直在尝试。"

卓子听闻，问道："那么迄今为止你试了多少次了？"

"少说也有三四十次吧，你这性子啊……"

12

史吉第一次把重心放在卓子身上的时候，关于卓子的消息他知道得不多，话没说上两句就被打了一顿……

第十次再见面，他已经能从卓子的爱好下手并博取好感。

还是这一家牛肉面馆，他请上所有的兄弟大吃了一通，并借着欢哥的死把所有人带到酒吧里借酒消愁，这小酒一喝卓子就被他套了话。

到第20次的时候，他已经能很快地得到卓子的信任，并计划着采取下一步行动。但是那个时候他操之过急，欢哥一死卓子就成了这帮人的头头，其他的都好说，但是让卓子悬崖勒马不是一般的难，有几次卓子也口头答应了下来，但是他一觉醒来就知道卓子这家伙口是心非。

之后的时间，他就一直在尝试新的方法，最核心的方法就是把之前经历的故事讲给新的卓子听，时间越久故事越多卓子就越容易被触动。

"慢着！"卓子突然叫道："你是说，我现在已经成了这帮人的老大？但是他们今天早上不是改过自新了吗？"

江山易改，本性难移。

他的故事一直讲，到第三十次的时候卓子已经能够抱着他痛哭流涕，但是让卓子放弃当老大他还是不干。

史吉就这么一个又一个的故事讲着，脸上写满了历经沧桑之后的疲惫。

卓子也读过两本书，他知道有一句话叫作"与君初相识，犹如故人归"。

在他的世界里，这个叫史吉的人是个新朋友，但是听史吉讲到现在，他看着眼前这个人却觉得无比亲切。

"你很久没回家了吧？"卓子已经不想听史吉再说下去了。

"回家吧，我什么都改。"

他这句话是发自内心的，他完全想通了。

换句话说，如果真的是史吉说的那样，那么他这次是真的通关了。

不过为了保险起见，他们还得做点什么。

13

"这剧情我还是第一次碰到。"史吉说。

此刻两人正在飞机场的候机室里等待着一班飞机，这是卓子想出的招儿。

卓子要陪着自己的好朋友回家看一看，他们此刻距离晚上12点只差两个小时，他们会在飞机上跨过今天的时间轴。

"我会一直盯着你，时间到了看你怎么归位。"

史吉听着也很兴奋，因为他隐约感觉今天可能有戏。他还没想过让人来盯着自己这一招，如果这次能成，那么他的收获可不仅仅是单次的逃脱循环，而是以后的循环都能如此破解，他一想到这里就激动得不得了，手都颤抖了起来。

不一会儿候机厅传开了航班登机的消息，这两人便一路轻快地小跑着到检票口登机，嘴里还哼着小曲，旁边一大爷见了觉得好笑，心里感慨这是多么浓的乡愁呀！

尾声

卓子看着手表，时针对着11点，分针正对着59分，而秒针已经过半。

史吉手心全是汗，和卓子一起盯着表盘。

秒针跨过了12点的那根时间柱，但是什么都没有发生，卓子激动得要和史吉相互拥抱，但他一回头。

史吉不见了。

他坐在外面，史吉坐在里面，又是飞机上。

但是史吉不见了。

他心里隐约知道发生了什么事，但是仍然不甘心地叫来了空姐，问道："我旁边这位先生呢？"

空姐做出一副耐人寻味的表情，都不知道怎么回他的话。

"可能没有登机吧？"

"不对啊，他刚才还在这儿的。"

"先生，您旁边一直没有人，如果您需要我可以帮您查一下他是否有改签。"

卓子脑子突然一热，然后变得很疲惫，像浆糊一样模模糊糊，很不愿去思考。

他再回神看见空姐正盯着自己看，"需要帮您查吗？"

"查什么？"

"查您旁边这位先生啊，你刚才问的那一位。"

"我问过？我可能……哦没事……不用查了，麻烦你了啊。"

空姐走后卓子觉得莫名其妙，这才开始奇怪自己为什么会在飞机上，好像之前自己明明有一件很重要的事去做，是什么事又想不起来。

卓子就这么想着，突然回忆起欢哥已经死了，自己手底下的人还需要带呢，自己怎么就在这里闲着，这都什么和什么啊。

想到这里，他又焦急起来……

明天来人

嗲声之心

【欢年】

——阳刚之躯住进了一个女人,还是一个娇小柔美,把女性之软发挥到极致的『小』女人。

他是男人，189厘米的身高，浓密的剑眉，加上硕大的肌肉块，充满了厚重的荷尔蒙气息，不经意地一瞥能让女人为之一振，同性自叹不如。

最近他遇到了一点麻烦，这副阳刚之躯住进了一个女人，还是一个娇小柔美，把女性之软发挥到极致的"小"女人，最为突出的就是女人的一副嗲嗓子。

他抗拒她的出现，拼命地去抑制她，而她并不想消失。

事情的开始其实比较突然，而且颇有一番怪诞。

那是一个阳光明媚的午后，晴空万里，花儿在对路人笑。他坐在街角的一家墨西哥餐厅，作为一个健身狂，最惬意的事情莫过于挥洒汗水后点上几个牛肉塔可。

门口有个招待，戴着一顶牛仔风情帽对来往行人笑脸相迎。

男人举起起泡酒喝了一口，透过这粉红的液体和摇曳的气泡，他看见了招待。

"小哥哥。"一个声音响起，这是一个女人的声音，听起来有点像台湾的林志玲，有点像动漫展厅里面那些头发五颜六色的女孩子，有点像他前几天看到的网络主播。

不过这些形容都不够确切，因为这个声音更嗲，嗲得不可方物。在声音响起的同时他甚至看见了空气中虚幻的彩色，闻

嗲声之心 | 131

到了甜得齁嗓子的气味。

而让他无法接受的是,这个声音来自他的大脑深处,是他自己发出来的。

他刚才对着那个男子,用少女般的嗲声叫了一句"小哥哥"。

这种声音,就像你读书看报的时候在心里默念的那般,你很清楚那个声音并不是你自己的,就像这个女声也不该是他的,不该是这么一个五大三粗的钢铁直男发出的。

当他意识到这一点后,顿时觉得面红耳赤、羞愧不已。

他赶忙结账回家,路上一直为刚才的事情感到不可思议。莫非这么多年过去了,他才知道自己有这个方面的癖好?他甚至怀疑起自己的性取向到底有没有问题。

在他冥思苦想之际,半个身子已经跨进家门,他母亲见状出来迎接。当他看见母亲的一瞬间,心里的声音再次响起,他根本来不及控制,那些乱七八糟的神经元发生了作用,然后下意识读出了那两个字:麻麻。

发音之嗲,简直要烧断他的突触。

从这一天开始,这声音就如同一个噩梦,在他的生活里横冲直闯,如胶漆般粘连,鬼魅般环绕,让他欲罢不能。

有时候就算他集中毅力控制自己,让自己不去用这个声音读出眼前所见,也会在很久以后回忆起这些事的时候用这个声音配音。

怎么办?到底该怎么办?他一直在寻求解决之道,这个声音已经不满足于在他的胸口默念,它想让所有人都知道自己的存在。

他要抑制不住了,他要读出来。

这天夜深人静,他用被子闷住头,痛痛快快地发了一通嗲。

他什么都说，从各种名词，到一连串的句子，再到自己对自己说，他越说越痛快，越说越忘我。直到某一个时间点，他嗲到了极致，突然脑袋一抽，然后感觉到了身体的每个毛孔都在冒汗。

事毕，他掀开被子看着天花板，由衷地说了一句："真爽。"嗲得真舒服。

接下来的很长时间，他都通过这种方式来解决自己的痛苦，每一次发嗲，他获得的解脱感都在减少。

而这个期间，他的心理也在悄然发生着变化，他说不清具体是什么，但是他知道自己在变。

几个月后，他的解脱方式过时了，身体里的"她"并不买账，她想要更多人知道这个声音，而他已经沦为她的下奴，控制不住了。

每一天，每一个瞬间，他都想用这个声音代替自己的声音，但是他并没有失去理智。

他看着对自己充满期望的母亲和家人，觉得自己不能再进一步了。

好巧不巧，一个偶然间他发现了新的解决之道。

宿醉！喝醉酒就不用担心了，每次他喝醉几个小时以后醒来，这个声音都会短暂地消失一会儿，而这个时候不用承担精神负担的美好，实在难能可贵。

这一次，他得到了好方法，别人不知道他到底为何变成了这样，劝他戒酒，但他们所见的仅有他癫狂的执着。

男人有一些损友，这是兄弟义气、江湖道义，混的人都吃他这一套，毕竟要自保除了这身肌肉，还需要一群什么都敢做的兄弟。

嗲声之心 | 133

这群兄弟夜夜笙歌，世界里充满了光怪陆离的不真实，也贩毒，最开始做陌生人的生意，后来开始做朋友的生意。

这一天，他们把目光放在了男人身上。

"兄弟！我们实在关系，我今天给你这个拼头，能让你上头几小时。"

"会不会伤身体？"男人问。

"哈？！不会伤身体，我俩，"说到这里，这兄弟拍拍胸膛，捶得雷响，"实在关系。"

大街上，小树旁，见一男正哇哇乱吐，看起来像喝醉酒的样子，他手上拿着一只高跟鞋，吐的东西都进了鞋子里。

来往行人皆侧目，不一会儿来了个警察，上去拍了拍男人的肩，畏于他魁梧的身躯，赶紧退后了几步。

男人转过身，这一次，他用整条街都能听见的声音说道："哎呀，你不要这样子嘛！"

余音绕梁，三日不绝。

花家有佛

【馋年】

——放下屠刀，终成一佛。

他也是佛,但没人拜他。

认识他的人都死了。
他杀的。

1

那时他是当朝皇帝的宠臣。爵封忠良侯,官拜大将军,正所谓春风得意马蹄疾,一日看尽长安花。

记得封侯那日,皇帝问他:"朕的江山,尔能守乎?"

"能!"他声如洪钟,直撼凌霄。双目怒瞪,肝胆欲裂。

文武百官皆朝,皇帝见此追问:"如果这些人以后不忠不义,想着谋朝篡位,该如何惩办?"

"杀!"

百官怯,欲言不能,朝罢。

从此朝野内外,无人不知天威大将军:花献佛。

2

他是借来的儿子，怎知这一借便成了永远。他的父亲临危受命，作为三皇子（翰国王）的副将，随其驻守边疆抵抗外敌，临行前花父将儿子交给亲弟抚养，笑道："借你个儿子养几天，待哥我去斩了贼头，回来请你吃庆功酒。"

秋战，朝溃。

只因皇子无能，作战全凭臆断，对比敌将，个个久经沙场、经验老辣。花父虽勇，怎奈腹背受敌寡不敌众，最终落入敌手，被打入大牢。

敌帅也是枭雄之辈，英雄惜英雄。他见花父作战刚猛且颇有学识，起了爱才之心，当夜来到大牢，对花父道："花将军是个英雄，本帅对你赏识有加，如今我非但不杀你，还恳请你归入我的帐下，做相！"

乱世良雄，必是笼络人心的个中高手，对花父而言，能得一相位，手握重兵、指点江山不知道比在朝廷当个副将要高到哪里去了。

但是花父性子倔，虽然在朝未得皇帝赏识，但是他坚信自己的忠良之心，花家的重义之举，天地可鉴，日月可平。能有机会报效国家，已经是天恩浩荡，他万死不可另投新主，这不仅是为了自己，更为了那未命名的孩儿。

他十动然拒，恩威并言道："我只配做朝廷野鬼，不配做你麾下的宰相。"

这是个意外的答案，敌帅听了微怒，遂掩之，冷笑问道："好一个忠义花将军，你可否想过，这场战斗的失败是谁的错？"

"是我带兵无方,刚愎自用。"

"精彩!"敌帅拔出宝剑,咆哮道,"你真以为皇帝会杀自己的儿子吗?你护主引罪,大臣看得清楚,皇帝也看得清楚。但是最后杀的人,这次战败的替罪羊,一定是你花将军!"

话说得没错,花父自己也明白,就算自己有命活着回到朝廷,也只是跳进了另一个火坑,伴君如伴虎,此虎吃人不吐骨。

天子剑,已经挂在他的头上了。

当天夜里花父自绝于朝,死前咬破手指,在牢房里写了一个大大的血字:忠。

3

他们是花家人,练铁砂掌。其实花父幼时不尚武,整天忙着舞文弄墨,久而久之虽然文采过人,武艺却荒废了。

生在乱世,空有文采。不必多说。

花祖又喜又恼,只觉得花家从此少了一个好武将,多了一个酸秀才。

然这秀才酸也不酸,和一般秀才比起来,花父不迷信书本,他觉得五经岂可平乱世,四书安能定乾坤?

八股文他写不来,倒是情诗挥手三百篇,逍遥言语佳人传。

花父第一次考科举,题目是:"皇子将进王。"

他大笔一挥写道:

皇子将进王,臣子欲谏皇。

臣子不要王,皇上说:"砍!"

历朝历代,封王之举必断送大好江山,科举居然还把这种题目拿出来做文章，迂腐。

此文一交，考官大怒，想把此文上交皇上，请诛花家九族。

但是皇子却觉得这人有意思，硬把这份卷子扣了下来，花钱封了大学士的嘴，事成之后他召见了这位考生。

两人相见恨晚，交谈甚欢，花父和后来的翰国王就这么认识了。

科举刚过，文人雅士齐聚登仙楼，花父与京城明士铁嘴李不期而遇，遂对对子，哪知不仅输得一塌糊涂，还被其狠狠嘲讽一番，一时间他恨透了所谓的文人雅士。

等到了这个境遇，他再回顾自己之前的风光，顿时觉得浅薄了。

从此他弃文，重拾花家绝技铁砂掌。刻苦钻研，日夜苦练，终成一将。

只是他这功夫不是童子功，始终差了半分气力，而他明白这半分力，便是穷其一生也补不上了。

最终也是这半分的气力之差，让他的内劲未能穿透敌将铁甲，不慎摔于马下被俘。

4

花父去世后，其弟便给侄子起名花献佛，一来他姓花，二来他又是借来的儿子。"借"字当头"花"随其后，自然让人想到成语：借花献佛。三来他希望侄子名字带佛，远离世间纷争。等长大后学得一吃饭的本领，从此归隐山林，不问世事。

但天不遂人愿，花献佛知道了自己的生父是如何死去，当今朝廷是如何动荡时，他决定代替父亲走完那条报国路。

他比父亲厉害，差别唯一"匠"字。

他是个匠人，文匠、武匠于一体。

花家族内200余人，无人能在武艺和文才上出其左右，就连花家那些长辈，也从未见过谁能把铁砂掌打出此种劲道。

花献佛练武，可谓不要命。

他叔叔多次担心他会把自己活活练死，花家人练铁砂掌，所用沙石虽坚，但是圆润饱满有如石珠。献佛却用棱石，此石锋利无比，汇于锅内如万千小刀。花家众少皆学有所成，方寸顽石掌击而碎，却对此轻碰则破皮，血流不止。

再看花献佛，烧油，油沸，倒入锅中，石至红，方停。

遂倾尽全力，反复把手掌拍击于其中，击石成沙，指甲翻盖，皮开肉绽。

他呢？舔血狂笑，大喊无愧于父，无愧于皇。

花献佛15岁，一掌可碎刀兵重甲，皇城内外重兵城防对他而言有如豆腐脆饼。

天下奇人辈出，只此子无人争锋。

20岁那一年，他参军命讨伐边寇，战场上他不用兵器，只凭一双手掌，拆敌如卸偶。

当年的杀父仇人，最终死于他的手下。

此帅身经百战，战功赫赫，武艺也是数一数二。

最终，只一掌，便被结了性命。

皇城安定，四海清平。皇帝龙颜大悦，封他为侯，赐他为将。

朝廷上的乱臣贼子也因为他坐守本部变得安分守己，天威大将军，多么响亮的名头，足以光耀花家。

这时，皇帝驾崩了。

5

  大臣们都觉得奇怪,皇帝龙体一直安康,早朝时还满面红光,却一夜之间突然暴死,实在是大有文章。
  有人说,皇上是被害死的。
  皇帝驾崩后不久,花献佛接了一道密旨。
  旨上说当年他的父亲文采并不在铁嘴李之下,那姓李的只是一个傀儡,其背后是皇子和大学士助力,三人共斗花父,只是为出一口恶气。
  而后来所谓的建交更是一场大阴谋,为的就是笼络一个皇子的走狗,武能助纣为虐,文能妖言惑众。
  他父亲重习花家武艺也是皇子一再劝诫,他们花家早就被盯上了,科举只是一场及时雨,助成了这场风波。
  花献佛颓然,恨自己这时才知皇子并非善类,不仅没有打算救自己的父亲,还装成慧眼之士博得了父亲一片忠肠,害他空洒热血。
  父亲到死还恪守的那一份忠义,不值。
  他撕碎了圣旨。
  他恨皇帝为什么现在才告诉他,又恨皇帝为什么到最后还是要告诉他。
  这男儿征战沙场,铁骨铮铮,现如今哭得泣不成声,冤苦之深,如毒融血。

6

城入夜，东城墙头。

大学士手提一盏油灯正四下张望，见无人，便纵身一跃隐进一座烽火台。

烽火台内一人正候着，定睛一看正是天威大将军，花献佛！

大学士见状，忙拱手作揖道："大将军如此神秘，找我来所为何事？"

"取你狗命！"

大学士失踪了，但是旁人无暇顾及这件事，因为新皇的登基大典要来临了。

新皇是先帝的大皇子，为人儒实厚道，一心想实行仁政。虽年少尚不能服众，但也有言官袒护他，说自己预见了空前盛世，实行仁政的君主百年不遇，这样一来必然国泰民安。

然而就在新皇的登基大典当日，那大皇子一坐上皇位便口吐鲜血，就地而亡。

满朝文武惊讶不已，短短20日接连死了两个皇帝，可谓空前绝后，一时间国无储君，只剩那几个已经成王的皇子在边疆虎视眈眈。

为定民情，保社稷，众臣决定从诸王中请出一位进行登基。

这边事情还没拍板，宫外头就聚集了一支请愿团，该团由各种阶级所构成，有街边小贩，地方财主，这请愿团大树旗帜，不停闹事，宰相派人去问其闹事原因，得知他们要力推翰国王为帝。

他们有一个口号："西憧（翰王名）为帝，天下太平。"一边高喊一边对城防士兵扔石头鸡蛋，致数人受伤。

他们这么闹了几天，宰相看见京城戒律被他们视如儿戏，觉得有失国家颜面，便派了个将军杀了几个带头的。

杀完人的第二天，翰国王领着8万铁骑进了京城，道："天为民愤，派我来顺民意。"

其他几个王从小就被他欺压，兵权早就被他夺去了，他只要知会一声，那几人便安心守着自己的王位过知足日子。

5日后，翰王登基，改了国号，换了皇历。

翰王登基第一件事，就是杀了当时镇压请愿团的大将，此人亦是花献佛的结拜兄弟。第二件事便是派重兵将其余几个王屠杀殆尽，以绝后患。

暴君，往往能捏住最实在的皇权。

花献佛看着这个真正意义上的杀父仇人，杀兄仇人，却选择忠于他。

因为他答应先帝，死也要守护好这片江山，翰王虽暴，却也是皇子，合理继位，不可不忠。

新皇也知道他是老花将军的儿子，对他一直不冷不热，只是他的奏折每次都会被驳回，建议也从未被采纳。

更是在一次朝会时，他因反对新帝增收田亩纳税，被降爵，成为忠良伯。

此刻他认识到，这个朝廷再也不是他原来守护的那片土地，他知道大势已去，但依然不忍负先帝厚恩，心中每日纠结，痛苦万分。

新皇登基后不久，便不再理会朝政，满朝政务全交给宰相一人掌管，自己一头扎进后宫花天酒地去了。

可这宰相是个奸相，权倾朝野，残暴苛政。众臣敢怒不敢言，只敢悄悄给皇上递交折子弹劾。

谁知道皇帝根本不管,还把这些折子都送给了宰相,宰相表面上痛心疾首自掌嘴巴,表示一定痛改前非,暗地里却一个个杀了开去。

那些个老臣,正一个个从朝廷上消失。

7

花献佛知道新皇对自己不悦,再待下去难有出头之日,更是性命难保。

再者他对新皇的仇恨,也随着先帝的驾崩一块儿入土了,现在国民稍安,他若杀了此人,便成了国家的罪臣。

献佛面见皇上,表示自己渴望归隐山林,若是将来皇帝需要他,但凡口谕一到,他就立刻回京效力。

皇帝听了显得十分惋惜,自言上次收税那事花将敢怒敢言,其余臣将全是一窝草包,献佛才是国之忠良。

"我呀,和你父亲可是过命的交情哟。"新帝说这话时眼睛弯成了月牙,看起来十分慈善。

后来他想了很久,觉得花将是贤臣,建议也非常好,是自己冲动降了他的爵,这还想补偿他,给他加官升爵呢。

说到这里,献佛正要言语,皇上突然话锋一转,道:"但是既然花将军有心,我就赏赐稀奇珍宝,放其归隐……"

奇珍异宝何如?御赐的又不能卖了摔了,拿着烫手,还不如给几个吊钱,买几个饽饽实在。

但是花献佛手持珍宝的消息,却在他的归家之路上传开了,各种草莽蠢蠢欲动。

只是出行三日，他就被抢了四五次。当然那些人的下场不会太好。

此刻的宫内，宰相正高呼皇上圣明，钦佩之情形于言表，他盛赞皇帝借乱臣之手除去山贼，实在是一举两得。

说到这儿，他突然道："臣斗胆问皇上一事。"

"奏。"

"那稀奇珍宝是什么东西？"

"他爹的头盖骨。"

8

他就这么走了，带着他的梦和他家的忠。

在他到家之时，房屋内外突然冲出数人，手持刀兵二话不说就砍杀向他，他稍做应付便击杀了去，只留了一个活口。

他是将军，他打仗，他懂行。

这些人训练有素，怎可能是山贼草寇？全是乔装过后的军士。

他看向留下的那一人，从怀中掏出了那个装稀世珍宝的盒子，道："这是皇帝送我的珍宝，我没有打开过。现在我把他送给你，而且不杀你。请你告诉你的主子，说我寡不敌众，被乱刀砍死了。"

也许是那人良心发现，也许是他忠良伯名满天下，再也许是那死去的弟兄们对那人造成了太大的冲击。

花献佛平安了。

他跪谢，感天恩浩荡。

9

　　一个开国元勋，就这么出家做了和尚。这样也好，他名字里的"佛"字好歹归了根，花将与佛有缘，经文内涵一点即通。庙里方丈夸他觉悟极高，慧根上层，对他喜爱有加，赐法号净空。

　　这庙依山傍水，正是修行的清净地。净空在这里一待就是十年。

　　刚入寺时，他打趣问住持："住持啊，你说我们这么修行，多久是个头，多久才能成佛啊？"

　　住持听了哈哈大笑，指着旁边那尊石佛道："你看见它了吗？"

　　"弟子看见了。"净空答。

　　"待石佛成泥之时，便是你成佛之日。"

　　"那么弟子不成佛了，当个住持就好。"

　　两人相争之时，方丈出来了，接了一话："这，可由不得你咯。"

　　净空当时还以为方丈说的由不得，仅仅是当住持一事。

　　修行的第十一年，净空左手断了。

　　那年庙里来了个头陀，进寺就开始杀人。

　　等净空赶到时，方丈、住持和众多师兄弟都死在了这个头陀的手下。

　　这个头陀见净空赶到，也冲上来要杀他，那人抬起一掌向净空劈来，净空下盘一稳，顺势拨了开去。

　　那人见第一掌打空，抬起右手又是一掌劈下，这一掌只逼净空脑门。

　　净空躲之不急，运用铁砂掌迎击。这一迎，竟觉手臂发麻，顷刻间无了知觉。

　　那头陀也是一惊，再看自己的手已经断成数节，筋骨稀碎。

　　"好功夫。"那头陀叫道，"多么凶狠的铁砂掌，你有这功夫不去做将军，当个什么鸟和尚？"

　　"化骨绵掌？"净空的惊讶并不逊那头陀。

　　"对，就是化骨绵掌。全天下如今只有我一人独享此技。"

　　"你为何杀我师兄弟？"

　　"我还从没想过有人能活下来问我这个问题，为什么？为了填饱肚皮呗。"

　　"你……你竟然……"净空气得说不出话，那头陀替他接上了："吃人，没错，我是吃人。"

　　"你好狠毒。"净空说完这句话抬手又要打，被那头陀避了开。

　　"你别打，我们两个分不出高低，只能是两败俱伤同归于尽。"

　　"那么就同归于尽！"净空说完不再理会头陀，甩着一只断手冲上去厮杀开来。

　　两人大战数回，难解难分。

　　最终累得瘫倒在地上。

　　净空看着那尊石佛，问道："为什么吃人？"

　　"想吃肉。"

　　"那为何不吃猪肉、牛肉？"

　　"你是不是傻了，如今的天下，哪里还有猪羊？"

10

如今的天下,已经没有猪羊了,不仅没有猪羊,连鸡鸭也实为罕见。

食人之事,在老百姓家中已不再稀奇,谁要是饿死,也算是对邻里的一种恩惠了。

只是这庙里,自给自足,不食油肉,不沾酒色,与世无争,才落下了这般见识。

这头陀,也是可怜人。

"你如何习得这般武艺?"净空问。

"我是前朝秘臣,专为皇帝暗中保护皇亲国戚,呈递秘旨。"

"哦,秘旨?"净空突然好奇道,"那么我的那封密旨可是你给我送来的?"

"你?你!你……难道是前朝天威大将军,花献佛?!"头陀这才认出了这张沧桑的脸孔。

"是我。"

"你并没有秘旨!"皇帝死得太突然了,谁都没有秘旨。

"那么我收到的?"

两人一前一后核对了半天,最终头陀事先明白了过来道:"你中计了,新皇借你的手杀掉了大学士,他们当时政见不合,正闹呢。"

"那么他为何把自己写了进去?难道想我也杀了他?"

"他是想让你造反,然后登基后就有理由杀你。还好你行事稳重。新皇,毒辣啊!"

净空一时觉得,自己真不是这新皇的对手,不仅是自己,就是这天下人加起来,也无法撼动他的权威。

若是当时自己动手了,怕是也没现在这和尚了。

这头陀杀了他的师父、师兄弟,但是这一刻,他恨不起来。

此后的几月,二人在这寺庙里互传武艺,他因为有铁砂掌的功底,很快便习得化骨绵掌。而这头陀却因为先学得化骨绵掌,反而学不了铁砂掌,只得作罢。

这之后又过了一月,净空还俗。

一还俗,他便立刻启程前往京城,他想看一看这天下最繁荣的地方如今成了什么样。

怎知他还未到京城,只到了这庙的山脚下,便见到满目疮痍,民无片瓦,食无水米。

街头流民若干,时而有人饿死倒地。

"为何如此呐!"他不理解,朝廷就算要害人,也没能力害成这样啊。再严厉的税法,也不至于把民逼得连吃的都没有,他想都不敢想。

这一定是民的不是。

他见一旁有一老妇,正坐在石梯上乘凉。他上前攀谈问道:"大娘,你们为何不种庄稼啊?"

大娘正想和他说话,只是这气运到嘴边就累了,又吞回去歇息了一会儿,才道:"种地,一年不过收成5两银子。"

"五两银子也是钱啊!你怎么能因为钱少就不种,这不是活该挨饿吗!"献佛自知言语有些过激,但是他说得没错,钱少些来日方长,饿死了可就什么都没了。

大娘又歇了好一会儿,才说出了那下半句话:"但是一年的税收要15两银子。"

献佛听完突然哽咽,再说不出话来。他从口袋里拿出随身携带的干粮要分给大娘,却发觉人已经没气了。

11

献佛一路走来,没有见到一块富饶的地方。他走过一个小村时,正赶上地方官收税。那户人家一看就身无半点银两,却被累积征收六百两白银。

男主人家没钱,其妻女都被拖了出来,地方官让人把这两母女拿去卖了凑数。

献佛上前制止,地方官看了看笑道:"我还以为是哪个将爷呢?原来是个和尚。你不去念经,来管什么人间事啊?是不是菩萨死了?"

"不是菩萨死了,是苍天已死。"

"苍天不还在呢嘛,你辱骂圣上,我要办了你。"

献佛杀之。

救下这对母女后,他们全家人一边对他感恩戴德一边大骂两朝皇帝。

献佛听了觉得不对,纠正道:"你们怎么把先帝也骂了,他是好人啊。"

"全都是牲畜,要是他不贪图享乐,能死那么快吗?"

胡言乱语,但已成了大众的共识。

献佛抬头看着苍天,心中万分愧疚,回想起了当年自己给皇上的承诺。

"能守这江山吗?"

"能!"

如今这模样,这江山真的还在吗?

他痛哭流涕,一个劲疯叫道:"江山没了,江山没了。"

他又想起了那句话,他在文武百官面前承诺的话。

"杀!"

对,杀。他要杀。

杀光乱臣贼子,杀了这糟蹋先帝江山的昏君。

12

他一路杀了过去,小到仗势欺人的地方官,大到军区将帅。

京城只传有个和尚在杀人,皇帝却没有太当回事。

直到他真的杀到了京城门口。

他的僧衣已经沾满鲜血,众将只见一人身穿红袍头戴斗笠,不见其容,却在十米开外感到杀意重重。

"你是谁?"一个守将喊道。

"一刁民。"花答。

"为何要杀朝廷命官?"

"苍天已死,黄天当立。"

守将拿起鬼头刀向他砍去,只见这人身体一闪,如光移影,那将就倒下了。

城墙上,皇帝把这一切看在眼里,轻蔑地笑道:"铁砂掌?我就知道祸害活千年。来得也好,把我们的钢骑放出去和他会会。"

花献佛一路攻进城门,血流成河。

突然前后城门皆闭,一队人马顺着城墙上放的链子爬了下来，他们个个身裹铁甲，不露一寸皮。

其中一带头的冲了过来，献佛运足气力一掌下去，那人立刻飞出几米才落地。

但是，他很快又站了起来，大笑道："不痛不痒。"

这身甲外面是精钢寒铁，内部是柔膏软棉。

铁砂掌，是打不动了。

皇帝在城头看见此景，放下心来，对着献佛大喊："花将军啊，你爹是我杀的，不仅你爹，连我爹都是我杀的，现在你也要成我的刀下鬼！"

语毕，他下令："取他人头者，赏金千万，封九州侯！"

那数百个身着铁甲之人一拥而上，皇帝只看见花献佛的手轻轻地拍在他们的甲上，连人都不能往后打退一步。

皇帝知道，前朝的天威大将军，这次只能随着他所忠的王朝一并陪葬去了。

正在他得意之时，那些将士竟一一倒下，再也不动一下，好像没了生气，但是却看不见任何明显的伤口。

皇帝慌了："这是怎么回事？"

旁边臣子也大惊失色，见到此景，他们曾经听到的各种鬼怪传说、预言神话一并浮上脑门。不等皇帝让其撤退口谕，他们自己就弃城逃跑了。

而此刻花献佛彻底失了神，他疯了。

他冲杀出城门，奔向了围观的平民，大杀特杀，无数草民被他生撕活剥。

他们的血，染红了护城河。

"施主，放下屠刀，立地成佛。"

他顿了顿，继续大开杀戒，一边杀一边笑道："你们修行一辈子都无法成佛,我只要杀人就能成佛。哪里有这个道理?"

那人是个和尚,静静地看着他杀人道:"我修行一辈子,只救了我自己,只渡了我自己,从未救人。而你,如果明明能杀却选择不杀,救的就是这天下人。"

"真的能成?"

"出家人不打诳语,能成。"

他停下了,他累了,他坐下来看着天空,喃喃自语道:"我这样的人,也要成佛了。"

这时一支穿心箭透过他的胸口,连着他人一同向前带出了几尺,伤口处,鲜血冉冉流出。他的神智随着血流有所恢复,他回头看向那皇城。等来的是一阵箭雨,铺天盖地,连同那些草民也一同遭了殃。

13

那和尚是你射死的?

"是在下。"一兵勇跪在皇帝面前,双目圆瞪。

"嗯,是个功臣。我封你为九州侯,赐天字大将军。"

"谢万岁!"这人眼中饱含热泪,他的家族因他而光大了。

"朕有一事问你。"

"万岁请讲。"

"朕的江山,尔能守乎?"

"能!"他声如洪钟,余音绕梁,三日不绝。

14

他也是佛,这次有人拜他。

认识他的人没死光。
他杀不完。

窃叹的房间

1 来客

法医和悍马司机有太多话题让我颇感不安,加上我是个地理助教,我们这个组合看起来多少有些奇怪。除去我事先担心的尴尬气氛不存在以外,其余情况确实很糟糕。

我们三人带着车队,行驶在渺无人烟的塔克拉玛干沙漠,正午高温让车身烫得像铁板烧的锅底,透过车窗可见地面热气蒸腾,景物缥缈。

窗外沙潮翻滚,划擦声嘈得我耳朵发嗡。我们把空调和音响开到最大以求得少许心理上的慰藉,突然他们两个同时沉默了,指着前方对我说:"张教授,阿弥陀佛……"

一年前,武陵山脉蓬莱村。

"它的直径可以达到两辆客机首尾相连的长度,我的上帝,这可是神迹,是我生命的价值。""那么我们接下来该怎么做?"我问林教授,他眼里浮现几近癫狂的神色:"让军队给我们调一辆直升飞机,我们往地底下飞!"

拿一块巨石,从高山上扔下,只要几秒钟,巨响就可以环绕山谷。吊起一辆卡车,扔进一个坑洞,漫长的等待后,留下

窃叹的房间 | 159

安静的村庄和一脸茫然的科学家。

"我娃儿出事情老子弄不死你们狗日的。"村长把锄头对向我,他不是很理解为什么他的孩子掉洞里以后这些国家派来的专家不救人,还向洞里砸报废的大卡车。

蓬莱村在武陵山深处。村外密布的毒虫猛兽可以让他们这里像桃花源一般与世隔绝,当地的民风也是相当的彪悍。对于村长的辱骂我也是非常的生气:"嘿,你们这些乡巴佬,懂个屁,丢一辆卡车都到不了底,你娃儿能活下来我都给你当儿子。"我说完立马发觉有那么一点点过了,果然村长立刻跪坐在地上,开始祷念着经文,向他们本土的女神祈祷。其他几个村里的年轻人见状就要找我的麻烦,吓得我差点跳进那个洞里。警戒线处的士兵见状赶忙把几个小伙子拦了下来,村里人怨声载道,几个领头的开始喊让我们滚出去。确实,如果像我说的那样,我们根本没有来的必要,事实上林教授在借着救人的名义忙科研。除了丢下去几个充气包装的面包,我们没有做任何与救人相关的事。

几个月前这里只是一个直径不到1米的半圆形树洞,我们来这里勘察过后发觉这个洞出乎意料得深,而且越向下就越宽,像一个无比巨大的土家碗倒扣在地底深处。我们目前测到的洞口最宽处直径超过700米,比一般学校的足球场都要大。我们甚至无法测出它的精确深度,所以请来了世界最顶尖的地质教授林下是。专家来了不久,就调来了挖掘机和塔吊把洞口开到了一座农家小院那么大,我理所当然地成了他的跟班。我们这一个月用尽了各种方法去模拟测试洞深,可是就连声纳都起不到作用,理论上这居然是一个无底洞。那种对于科学深深的狂热体现在了在场的每一个科研人员身上,在好奇心强烈的趋使下我们夸张地重现了一次井口砸石的实验……

入夜了,我给林教授端来了茶水,他在模拟一个光学实验。武陵山的夜晚特别潮湿,我们团队临时驻扎在了村里的神庙,因为有一个香炉时常燃着香火,这里算得上是方圆百里最干燥的地方。我想和教授拉拉家常,这个月我们所有的话题都围着这个破洞的实验准备,像现在这种悠闲的机会非常少。我正准备给他说说我小时候在农村误吃羊粪蛋的事,这个故事我讲了百遍,曾经还夸下海口:男女老少任他怎地耐笑,我这准是一听一乐呵。

我刚开口"老林,我给你说个……",这边话音还没落,那边就一脸严肃地站了起来,怒目圆睁着我。我心里隐约觉得不对劲,心想:"这山西的老专家咋就那么臭呢?喊声老林你要吃人不是!"我还在想他们山西人是不是不太服老,听不得这号尊称,他一句话打断了我的思路。"知道我们把卡车扔下去为什么没有声音吗?"我没想到他会突然说这个,我尴尬地赔着笑脸说:"还请您指教指教?"

他又不说话了,我见他还是瞪着我,就晃了晃身子,发觉他的瞳孔并没有跟着我移动,这才知道他是陷入了沉思。忽然他神色一变,用一种极让我起毛的声音说道:"其实,这是个永渊。"

这才过了短短的一秒钟,就把我的思路给打开了。我好像在刚才那一秒钟的某一个瞬间明白了所有的事情。但是一秒钟结束后,我又什么都不知道了。

"啥?永渊?哎,林老师啊,我们弄地理的就别去磨叽神话了,您老人家那是上知天文,下知地理。我连下个月的工资都没个稳当,你讲太深奥了我可不太明白。"

又过去了短短的一秒钟，林教授的神色就明显暗淡了，他坐回去喝了一口我端来的茶，问我："你刚才准备给我说什么？"我心里就有点不痛快了，这明显就是有点瞧不起我，觉得和我无法沟通。我没有理他，准备走出去打水洗漱，林教授叫住了我。

他呷了口茶，眯着眼睛打量了我一番。我被他这么一看，看得直发毛。我有点来气，一股说不上来的无名火在我心底燃起。我对他说："林教授，您要是没事我就不打扰您了啊，您忙。"我这话的语气是说得有点重的，但是他像没有注意一样，他皮笑肉不笑地对我说："小张啊，你有没有想过，我们想利用声音，但是声音本身是不愿意被我们利用的，它只是想逃离而已呢？"

短短几个字，吸引了我的思绪。"逃离"这两个字是多么的夸张又不着边际。按照老林的性格是很难脱口这种玄乎的话的，像他这种程度的科学家，做事都是非常严谨的。

我还想多问，林教授却挥了挥手。这次他端起茶杯慢慢地品了起来，村民独特的存茶方法让茶叶产生了一种老而醇的香气，和寺庙的香火气混合后闻起来很是浓郁。我们一行人围着一个大大的铜香炉，各自在神庙大堂的角落打地铺。我和林教授因为有仪器，我把它们排成一列给我们隔出了一个屏障，还抢了隔壁斌哥的半块地盘，所以我俩的铺盖面积最大。我生来有些缺乏安全感，这么一通造作，睡起来安心了许多，不知觉间，困意也席卷而来……

第二天我醒得很早，随便打理了一番就跑出去瞎琢磨，我看见几个值班的哨兵在庙门口哈欠连天。这个林教授用了一些理论让国家相信这个破洞可以做出巨大贡献，反正他来以后没几天，两大卡车士兵就拖过来了。我想过他们是不是要建造什么秘密的军事基地，毕竟地方隐秘，又有一个理想的超大空间。但是我很快否决了这个想法,这个地方的气候潮湿,很难保存武器,再者如果单凭借这个地方训练军队,以后作战难不成都拖洞里打,再不成就是军队和蝙蝠侠杠上了?我被自己这个想法逗乐了。

我走出庙门,和两个哨兵寒暄了几句,就去拿了一件军大衣披在身上,早晨的武陵山冷得冻骨头。我看向远处的迷雾,想着老林昨天的话。当时虽然震撼但并没有太大感觉,可现在再去回想不由得觉得后脊发凉。

我想得正入迷,发觉眼角好像有什么东西在闪动,转身一看原来是个哨兵正在对着我挥手,我本着体现一下我为人的谦卑态度,准备上前和他寒暄几句。哪晓得这小子不是在招呼我,再赶上这么一出,他抬手就一肘子把我拐到一旁,弄得我好不尴尬。

这时我看见迷雾深处有一个人影,看身姿像个女人。待那个人走到我面前,果真是一个女兵,肩章上的军衔比其他人都高,应该是个领头的。再一打量发觉她整个人十分漂亮。我还在盯着人家发呆,她就扯着180分贝的嗓子喊开了:"大家伙快起床,出事了。"这一嗓子,让村里人家的狗都此起彼伏地吠叫了起来。林教授第一个冲了出来,抢走了我身上的军大衣,忙问她发生了什么。

小丫头眼睛睁得溜圆,生怕我们对她的话有怀疑,她带着哭腔吼道:"洞里爬出来了一个人!"

2 李清照

仁?我听到这句话居然直接开始不着调地回忆起小时候吃降霜果仁的情景。也许我的潜意识压根不相信这洞窟里会有什么生命,以至于听见这个"人"字竟没反应过来最根本的意思。

旁边的林教授也很蒙,脸上挂着睡醒后的红晕,我们不约而同地对视了一眼。"什么人?"他问我,我摇摇头。也不知道是不是大家都没反应过来,女兵好像没看见她预想的效果,站在原地一脸耐人寻味的表情。

也就在同时间,我和老林浑身像触电一样抽搐了一下,特别是我连腿都抖了起来,后面才出来的其他成员看我的样子还以为我冷得犯了病,赶紧拿了一件军衣走过来给我披上。

女兵站不住了,这次把声音放低了一点:"昨天半夜洞里爬出来一个人,值班的小刘给抓住了,现在正关在车里呢。"

林教授听了立马拉着我就要去看,我心说好事没见想着我,这种时候你倒是离不得我了。我没做好心理准备,就对他说:"老林啊,要不我们换好衣服再去?或者你先去,我马上就来。"老林看了看我,一字一顿地说:"现在就去。"

他说得很果断,一点商量的余地都没有,我在心里那个气啊,电影里边这种来历不明的人物通常一言不合就做掉一片人。我们这么贸然地去,实在是没底。

再看老林似乎也在忌讳什么,这件事换谁心里都会有所顾虑。只见他拿出一串佛珠双手捧住,念了一句阿弥陀佛,我的注意力却被这佛珠吸引了过去,这一看不由得暗自感慨道:我的乖乖,这可是舍利子。

据说高僧坐化以后他们的骨头经过火化会形成结晶,这种结晶就是舍利子,价格可是相当的昂贵。

再看看林这一串,品色绝对是上乘,我在心里暗骂这老小子不显山不露水的,这一串起码要几十万呀。

他瞥了我一眼,看我好像懂点道道,赶紧把他的宝贝收回了内包，我又在心里暗骂了一句。

　　神庙离洞口有几分钟的路程，我和女兵搭讪得知她叫惠珊，昨天刚到此处，是目前负责这里的头头。老林马上就在旁边亲切地喊她小惠，我也讨好地叫她惠姐。她告诉我们那位穴居人由几个士兵武装看守，而且移动作战指挥室里配有牢房，他跑不了，我们也不用担心安全问题。

　　林教授变着法地换话题，但内容却扣题扣得很紧，拐来绕去就是想套套口风，看看他那直升机的请求怎么样了，那边话说到一半，突然就没有了声音。我正纳闷他这是哪口气没顺上来，还没来得及调侃他，一个大物件就闯入了我的视野。

　　林教授抹了下头上的汗，映入我们眼帘的是一辆硕大的装甲车，按个头，绝对不比我们砸下去的40吨重的大卡车要小，周身裹着浑厚的铁皮，车轮也用履带代替，在车顶有几个大圆盘。最夸张的是在车的中部还有一些黑色的沟壑，从那沟壑里探出头来的，居然是几挺机关枪。

　　我愣了好一会儿，惠珊伸出手，在我的眼睛面前晃了晃，显然她看出来了我的震惊。"你觉得那个机关枪用得上吗？"她挑衅地看着我，又转身问林教授："林叔叔，你觉得用不用得上？"

　　林教授又抹了抹汗，看也没看我一眼："小张啊，你别多问，能告诉你的我自会告诉你。"他说完又嘀咕了一句，这句话声音非常小，但是我却听得很清楚："他们，是怎么知道的？"

　　这车高4米以上，从车的中央位置扯出了一条折叠楼梯，另一端固定在了土里。我们上车以后跟着惠珊向车尾的位置走去。

　　这车里坐着七八个士兵，每个人都在忙活手里的工作。各种计算机和仪器罗列镶嵌在车的两侧，在车的顶端是一张巨大凹形的屏幕，正在显示着一张地图。我想要是他们有点雅兴下载一些水族馆的视频没事播播，这和那个海底隧道的感觉应该是差不多的。

我们走到了车尾，看见了一张上下开合的纤维门。惠珊对着门旁边的指纹扫描仪按了一下，这扇巨门就开始向上滑动，待门彻底被吞入天花板后，我们看见了门背后的洞天。

在铁栏前面，有一个士兵端着卡宾枪，目不斜视。在铁栏后面，坐着一个络腮胡，身材很魁梧，戴着一个旧款的金框眼镜，看我们情绪非常激动，扯着嗓子喊到："长官，我不是坏人，放我出去说话。"

我们背后，门正在闭合。我不合时宜地发出了一声惊叫，刚才胡子的吵闹声没有吸引起什么注意，不过我这一嗓子，外面人以为出了什么状况都冲了进来，林教授脸色也变得难看，估计下次再有这种场合，他肯定不带我来了。

胡子看见我也不说话了，我盯着他，他盯着我。许久，我才打破了沉默，试探性地问了一句："李清照？"

胡子一见我，笑得是比哭还难看："哎哟，张教授，最近都在这儿发财呢？你快把我弄出去，你瞧我呀，人都快比黄花瘦了。"

我看着他，一时语塞。

我咳了一声，试图缓和一下气氛："你……最近，嗯……怎么在洞里发财呢？"说完我就觉得很丢脸，这说的是什么玩意儿？我假装活动活动脖子，顺便用余光看了一下其他人的反应。

"哎哟，张哥哥，我这小心脏就如那一叶扁舟，载不得这许多愁呀，一句话给你说不明白。你和这位警察小妹商量商量，放了我。"

惠珊见我们认识，就让看守先出去了，问到："你老实交代你怎么会在洞里？"没想到胡子听了眼睛一瞪："这个洞是你家开的？我怎么就不能在洞里？我犯法了你抓我？钻个洞抓你爷爷做甚，我在尼泊尔的时候也是个人物，你要抓我还得问问手下那百八十个伙计的枪杆子。你个小丫头片子，我和人家张教授客气客气，你趁机蹬鼻子上脸，你是哪根葱？"

他这几句话像连珠炮一样地射出来让惠珊措手不及，愣了半天硬是没再说出一个字，气鼓鼓地走开了。林教授毕竟也是老江湖了，在旁边看了一会儿，立马换上了一副和蔼可亲的面孔："哎呀，小同志，气大伤身，人家抓你也是职责所在，理解一下他们嘛。我们有话好好说，你等我和这位小妹妹商量商量，我们待会儿喝点龙井，再来唠两句。"

20分钟后，我和林教授盯着胡子吃完了第四盘土家鸡，都有点坐不住了。胡子注意到了我们的眼神，抱歉地笑了笑："不好意思啊，我吃完这只鸡腿就给你说，我在洞头几天没吃东西，要是一会儿你们听得兴起的时候我两腿一蹬，这保险公司也不给赔不是？"我听了觉得好笑，就见胡子擦了嘴，说道："我就看得起林教授这样的人，我家三代打铁，我在家又排老三，所以我名李铁三，又因从小就爱李清照的词，人送外号李清照。今天得林教授照顾，以后就是你兄弟，林教授有什么事吩咐一声，兄弟我给你办得妥妥的。"他说完拍拍胸脯，鸡油全揩在了他的衣服上。

胡子也是地理专家，不过名气不大，在学术交流的时候见过几次，我是因为他李清照的名字才对他有印象。

林教授给他端了壶龙井，满脸堆笑："那么就有劳兄弟给我们讲讲这个洞的道道。"胡子听了以后眉飞色舞地就开始讲了起来。

窃叹的房间

2006年的时候他们的勘探队来到了此地考察，那时村里有户人家，据说精通秘术，可唤鬼神，能下蛊。他们当时并不在意，权当传说奇闻一并写在了随行的考察笔记里面。他们的队伍总共有8人，当时队伍里有一个地理界的后起之秀叫育德，发表了多篇论文，十分受业内专家赏识。考察期间，育德同时也在埋头钻研他的一些课题。就在考察队伍准备离开的那两天，他的研究取得了突破性的进展，基本也接近成功。恰巧胡子研究的课题与育德相同，而且胡子与育德相比就只差了一步。胡子明白，育德的课题一旦发表，他自己近一年的努力就彻底白费，于是他想了个计划。

期间那户精通蛊术的人家来找过他们几次，要求勘探队删除在笔记中关于他们家族的记录，但是都遭到了拒绝。在考察结束的前一天，那户人家摆了两桌宴席，全是山里难得的野味，考察队心里明白他们的意思，就私底下商量，决定当着他们的面毁掉笔记，但是在U盘里留着备份内容。

当晚大家把酒言欢，好不快活。就在这个空档，胡子趁育德不注意，偷走了他的包，因为那个时候山里基本上没有信号，就算要打个手机，还得爬半个小时的山到最高的地方，于是他决定到附近的山上把育德的成果以自己的名义发出。他还记得，就在他离开的时候，有一个队员因为喝多了酒，就把备份U盘的事给抖了出来……

上山以后，胡子利索地发完邮件。正要回去，只觉眼前一黑，就倒在地上不省人事了。起来已经是第二天，他下山赶快寻找考察队，却发现整个考察队包括行李都不翼而飞，他找到那户人家，得知考察队连夜走了。

胡子当时还以为是事情败露，只觉得这帮人做得太绝。但又无可奈何,于是他自己摸爬滚打一个星期后到达了铜仁市。他一回城后立马联系队伍,可是一番打探后他傻眼了,原来那天去的考察队,除了他以外,没有一个人回来。

胡子当时吓着了,仔细回忆起这些事发觉确实有着说不出的诡异。于是他赶快去报了警,铜仁警方和武陵山附近的协警联合调查,最终无功而返。他们再来到村里的时候,那户人家也不见了。村里人像事先串通好了一般,全都矢口否认那里曾经有过那一户人家。

警察在村里地毯式搜索后没有任何线索,最终放弃了调查。胡子对于这件事心里满是愧疚和疑虑,一直在坚持调查考察队的线索。

也就在不久以前,胡子收到了一封电子邮件。他打开以后惊得一屁股坐在地上,那发信人正是被胡子盗取了成果的育德,再看信上赫然写着"我们,在洞里"。

3　苗林堡

我一听到这里就笑了,敢情这胡子是想来给我们普及《聊斋志异》的。我讽刺胡子:"他们在洞里?那倒是爬出来呀,打算搁里面过年不成?这么玄乎的事也得亏你一本正经地说出来,这要是换了别人不知道你姓甚名谁,听完你这一通咧咧,准拿拖把追着你打。"

但是说完这番话就莫名地冷场了。我自己干笑了两声,林教授和胡子却都没有说话,特别是胡子那脸拉得像个大黄瓜似的。我郁闷了,忍不住发问:"嘿,老林啊,这胡子前面说的倒还蛮像那么回事,可是后面说的你也信?"

老林狠狠地剜了我一眼,给胡子倒满了茶,还做了一个让我无比费解的动作。他拉起胡子的双手,紧紧地握了几下,像信徒那样虔诚地盯着胡子的眼睛,一字一顿地说:"我信你。"

我在一旁可谓痛心疾首,敢情我跟了半天的老专家,妄想症都晚期了。我一时觉得前途无望。

老林迫切地想要打发我走,他站起来指着远处的装甲车,用那种长者训话般的语气问我:"难道你没看见上面的机关枪吗?"我正要说早就看见了,老小子却毫不留情地打断了我的话,然后还用一副打发叫花子的那种语气对我说:"去去去,问问人家惠珊同志,这些机关枪是用来干什么的,问完你再考虑要不要相信清照兄弟的话。"

我虽不相信胡子的故事,但说没听上瘾是假的。我这还没听完就赶我走,心里憋得慌。我一脸复杂地看向胡子,眼神里还带了些许哀怨,心说你丫倒是留我下来啊。

胡子一脸坏笑地站起来,脸上的肉堆得像个土太岁。他说道:"此时的我就是个落魄人家,幸有得林教授相信我,这我就知足了。你既然不愿信也要原谅我不愿讲不是?烦请你自便,待你气消了,老弟我自备上两盏淡酒,找你赔这个不是。"

我愤愤不平地起身,也没有走向装甲车,而是走回庙里偷走了哨兵的小板凳,接着绕了一大圈山路回到了刚才我与胡子、林教授讲话的位置。不过我是在另外一面,仅与林教授和胡子有一丘之隔。我探了探身子,等确定能比较清晰地听到他俩的对话时,我放下了我的小板凳,尖着耳朵,饶有兴趣地继续听这个带有浓烈传奇色彩的故事。

胡子当时收到消息后很是困惑:洞里?那是一个什么洞呢?

正当他四处打听洞穴奇观的时候,我们的"永渊"项目走漏了风声,迅速在业内引起轩然大波。胡子知道了这个消息,又得知地址竟然就是他们团队失踪的村落,原本一团乱麻的思绪也仿佛要慢慢地浮现出冰山一角……

胡子迅速地拟订了他自己的探洞计划。他找洋商买来装备和一些防身武器,准备只身入洞勘探。同时也写了一封电子邮件,信里交代了整件事的经过,说如果他身遇不测,那么也算死得其所,请家人不要挂念。接着定好了时间,如果一个月内他没有把这封家信删除,那么电脑就会自动群发给他的所有亲朋,接着他就开始踏上了寻找真相的旅途。

可是来到实地考察之后,他发觉军队把这个洞看得太紧,除了中间换班有10分钟的间隔,其他时间全部有士兵把守,这也更加坚定了他的想法。

胡子寻思这么贸然地下去,危险程度姑且不提,要是被士兵抓住,虽说不会定罪,但是计划也就泡汤了,这种出师未捷身先死的境遇实在是太窝囊。于是他想到了打地道。

当天夜里,他开始了他的地道计划,经过长达两个夜晚的努力后,他在我们所有人的眼皮底下悄无声息地进入了洞穴。因为他地道挖得很深,那洞里的直径已经超过了我们目前地面上的洞穴,所以我们没有发现他。这就好比把一个漏斗倒过来看,如果在没有光线的情况下,是看不见比漏斗管宽的部分的。

胡子进洞以后很是兴奋,他给手电套上柔光罩,把光线调到了最小。就在他打开手电的那一瞬间,整个洞亮了起来,手电就像一个开关,他点亮的那一刻同时刺激到了其他光源,瞬间照得洞里如同白昼,那突如其来的强光刺得他的眼睛生疼,瞬间他的视野内白茫茫的一片,他赶紧抓住登山镐。闭着眼适应了好一会儿光线,他才慢慢地睁开眼。映入眼帘的场景仿佛人间的迷仙引。洞的边缘,镶嵌着一条汉白玉栈道,盘旋在洞内一圈圈地向地底延伸,看不到尽头。强光把玉道照得晶莹剔透,胡子懂点门道,他仔细观察了一番,要是在古代这些建材全是一等一的宫廷料。可是既使是这样,对于一些小国家来说,就算把全国的玉石收集起来,也不够修建自己目力范围内的玉道。他就疑惑了,是什么样的能工巧匠有这般高超的技艺。除去价格问题不谈,单就是这玉道是一块整体的玉就非常的夸张,目前我国发现的最大的玉制品《大禹治水图》也不过长224厘米、宽96厘米而已。但是如果要拿这个与自己脚下的玉道相比,连一块地板的大小都比不上,更不用说和整块玉道相比。莫非这洞原本就是一块无比巨大的玉石,这个玉道是直接雕刻出来的?他一边这么想一边向玉道的深处走去,手电筒已经起不到作用,他把手电关了以后拿出了从洋人那里顺便买来防身的巴力机械弩。

他顺着玉道走了大约1公里,赫然看见了一间玉屋,那玉屋和栈道融为一体,而且若要再往下走,就必须经过此屋,就好比长城的烽火台。胡子抬头,看见玉屋上面有一块匾,匾上写着三个大字:庙林堡。

这三个字让他感到亲切熟悉,可是又实在回想不起来什么时候见过。胡子正在疑虑要不要继续往前,就被一块凸起的玉石绊到了脚,再紧接着一个踉跄就跌进了庙林堡,霎时,胡子就觉得喘不上气,身体也开始向上浮,耳朵里传来了咕噜声。胡子立马反应过来,这是在水里的感觉,此时的庙林堡,就像一个被封顶了的游泳池,空气中瞬间就填满了某种没有颜色的液体,胡子慌了,他感受到某种恐惧,这种绝望感在他小时候曾有,他本能地向刚才来的方向拼命地游。可就当他模糊的视野稍微能看见点东西的时候,定睛一看,出现在他面前的却是一张惨白的女人脸,生生地挡在了他回游的路上,他下意识就扣动了机械弩的扳机对着那个女人一射,再接着,他就慢慢地失去了意识……

清醒过来的时候,他的后背生疼,全身都是湿的,他看了看手上的机械弩,箭已经射出去了。再一看,自己就躺在庙林堡的前面,他还没来得及细细地体会刚才发生了什么,就听见洞的更下面传来了婴儿的哭声。有了刚才的经历,他已经来不及多想,转身就往来的方向跑,1公里的路程,他说自己只跑了1分钟。可就当他回到地道口的时候,他发觉地道已经塌方,而背后的哭声,更是一浪接一浪,越来越大,越来越广,最重要的是离他越来越近。

他吓得直恶心,也管不了许多,拿着登山镐就开始垂直攀岩,最后硬是借着一些植物的根茎,一把胡抓乱蹬,爬出了洞口。一出洞口刚坐下,气都还没来得及回喘一口,那值班的小刘枪头就顶他脑门上了。

听到这里,接下来发生的事也就自然地在我脑海里串联了起来。此刻我顾不得许多,摸爬滚打地冲过了山丘,差不多是一路滚到了林教授和胡子的面前,他们两个看着我的眼神就像是在看某种动物。而我只在意唯一的一件事,就是那些机关枪是不是用来打"女鬼"的。

我要开口问,林教授捂住了我的嘴巴,我一脸不情愿地盯着他,他却把头转向了胖子:"清照大兄弟,你今天累了,我的铺你先去睡睡,我枕头底下还有一包刚果大猩猩山上摘的茶,你要是给面儿就拿出来尝尝。我们愿意帮助你一起调查这件事。"

胡子听了以后乐呵呵地看着我:"林老真是客气,那么张哥哥,我就先告退,你要是有问题问我,我明天自会给你一一道来。"

胡子走远以后,林教授转向我,目光难得和蔼可亲,我觉得这可能就是所谓的暴风雨前的宁静:"小张啊,你马上去联系惠珊,让她给我们调20个特种兵。"

我心底已经有了那么一点准备,听到这句话更是有一股兴奋劲直冲脑门。我装傻问老林:"林老,您这是打算?"

虽然已经有了准备,可是真正听见这几个字以后,我还是没有承受住这样即来的事实,我都想学胡子背上几句慷慨激昂的唐诗以表达我谜一般的心理活动。

那老林给我说的正是:"咱们,下洞。"

4 长渊

欧阳同志:

你好!

请原谅我的来信太过突然,但是事态紧急。"碧日"之后我渴望的安逸生活并没有到来,相反,我们可能遇到了更大的麻烦。

事发于大兴安岭深处一个村庄,不久前村长的儿子在嬉闹时掉进了一个树洞,当地的消防人员救援失败。经过了一系列的发展,我们发现这个洞并没有可以预测到的底端。你知道这意味着什么。"碧日"计划并没有结束,它以另外一种形式走到了你我的身边。

我现在需要你的帮助,希望你提供军事上的援助,我姑且把这个计划叫作"长渊",方便以后我们联络。

另请代替我问候你的父亲母亲。

此致
敬礼!
祝:一切安好

林下是

xx 年 xx 月 xx 日

一个月以后的回信:

尊敬的林子木:

你好!

你希望我给你调来直升机这一点我还需要再做考虑,我不能让我的人去送命。

上头已经知道了"长渊"计划的详细内容,之后的事情你自求多福。

我的父母提醒你注意身体。

此致
敬礼!
祝:别死得太早

欧阳

xx 年 xx 月 xx 日

老林收到信就像泄了气的皮球,他的飞天梦短暂地破灭了。而此刻的我和胡子,正处于一个如坐针毡的状态,更懵的

窃叹的房间

还有20个全副武装的特种兵。

"来来来,大家都尝尝本地的酸汤。"惠珊这丫头和另外几个干零工的本地人端出来了几锅热汤,定睛一看一条鲜活的鱼被打上了花刀,嘴仍在张合,整个鱼身浸在一锅鲜红的热汤中,散发出一股浓郁的酸香。

美酒佳肴,气氛奇怪。这些国家的精干本该出现在战争频发的国家边境,再不济就是暴乱现场。总之不该出现在这深山老林里享受美食,在场的特种兵你望望我,我看看惠珊,愣是没弄清楚发生了什么。

我先发问了:"哎,老林啊,咱们不是急着探洞吗?你这唱的是哪一出,您老可别出于愧疚,决心让我们当个饱死鬼。"老林嘿嘿一笑:"你个小子要学的东西还多着呢,这道酸汤鱼里含有贵州的木姜子油,防瘴气!"

《后汉书·南蛮传》中有提到过:"南州水土温暑,加有瘴气,致死者十必四五。"可见这瘴气的影响不容小视,只是经过考察发现贵州人身处瘴气而无不适,归根结底都是这木姜子的功效。

再细想下来,这个洞深处地下,各种植物的根茎含有充足的水分,动物尸体腐烂后的毒菌也会随着雨水的冲刷流进洞中。在这种错综复杂的环境下,瘴气产生所必需的潮湿和温闷条件都可以很好地达成,所以老林的担心不无道理。

特种兵中有一个领头的,一直板着一张脸,手上紧紧地捂着一挺带榴弹发射口的95步枪,旁人称呼他为老邱。

老邱板着脸往那儿一坐,其他的士兵谁也没有动筷子,一个个眼巴巴地看着他。胡子看出了端倪,笑吟吟地走了过去:"哎,嘿,这位同志,革命身体是本钱,你这枪再厉害,人饿得头晕眼花的也瞄不准。你有什么需要尽管吩咐，我去给你办，先让你的兄弟吃饱了再说。"

这老邱也许是觉得我们开始没有重视他的存在，听完胡子这番话倒是很受用，板着的脸也慢慢舒展开来……

武陵山的正午太阳很毒辣，清晨的浓雾消散以后阳光直射在众人的身上，可是众人毫不在意。在我眼前的20位老兄弟难得接一个这么欢快的任务，之前一个个拘谨得很，军纪压着他们，气氛很压抑。后来老林打了个电话，上头命令老邱一行人撒丫子欢，活动血脉通通经络，让身体好好吸收一下木姜油，现在老邱甚至和胡子说起要表演胸口碎大石。我心里说得亏没有什么除瘴气的酒，不然就算这洞底下是东海龙宫，也得让这邱大圣给砸咯。

茶足饭饱以后，老邱和老林就开始模拟探洞计划，我和胡子也被邀请了进来。

胡子建议，给每个人系上绳索，把绳索固定在洞的边缘，让队员们像消防救援那样垂直下滑。这个建议与我的想法不谋而合，但是直接就被否定了。

老邱说，这洞底下的状况他尚且不清楚，如果这个洞果真像我们说的那么凶险，这么做无疑是在作死。首先这个洞没有底，胡子的那种做法是在已知深度的情况下，没有其他路到底时迫不得已的降落方法。其次这么做的机动性非常的差，万一有危险，队员想跑都跑不了。再说洞口的直径也不算太大，20个人一起下去非常拥挤，万一有什么突发状况需要交火，很有可能伤及队友。不过胡子的这个想法方向倒是正确的，我们如果想要进去探查，只能用这种垂直进洞的方法。

我觉得好奇，在我的观念里，垂直降落除了用绳索还能有

窃叹的房间 | 177

什么其他方法？而且就算有其他方法，你刚才讲的那些问题也还是存在的吧，别的我不敢保证，难道你有方法让20个人同时下洞的拥挤状况得以解决吗？

我不禁发问："老邱啊，我们见识有限，你要是有什么高招，就给我们指点指点？"老邱也不说话，点了一根烟，慢慢地咂了一口，轻轻地吐出烟圈，对我笑了笑"我们部队就我一个人能抽烟。"老林也沉不住气了，又拿出那副老脸，赔着笑过去："抽这烟，品味可不一般。这位兄弟，看样子也是个能人，你就别藏着掖着了。"

老邱赔了笑，看着我，居然是那种很欣赏的目光，让我有点莫名其妙。他问我："你，坐过缆车吗？"

我本来要脱口而出谁没坐过，就在话到嘴边挂着的这一刹那，有什么东西从我脑子里一闪而过，再去细细体味，我居然明白了他的意思。我抽神和胡子对望了一眼，他的眼睛里也闪烁着恍然大悟的光芒。

老邱的计划是这样的，找来四个塔吊，再找来4个大型的缆车车厢，把缆车的车厢玻璃全部做成防弹玻璃。在玻璃上切出一些能架住枪械的孔，这些孔伸出去的枪，都避开彼此车厢的位置。每个车厢5个人，分别负责通信、观察、记录、作战，还有一个做帮手，如果有状况，塔吊直接拉上来就可以了。

我们3个人听完，只能说是目瞪口呆。我不得不由衷地对他的作战能力感到敬佩，很快所有人一致通过了这个方案。

细品两口乌龙茶，气氛闲适下来。这时再仔细地打量这个村庄，发觉这里其实非常美丽，我和胡子还有林教授难得地坐下来拉家常。胡子戏称这里是一个叫作"放蛊人家"的农家乐，我们坐的地方，正是胡子曾经提到过的那户人家的大院。虽然人去楼空，不过楼墙上的不明文字和一些奇虫的怪异图案仍然渲染着令人不安的气氛。

这村也不是很大，但是却一直给我一种很生硬别扭的感觉，村里人大都排外，我们活动十分受限。我们的主要活动区域大都在神庙到洞口这一条路，而这户放蛊人家就在这条路的正中心，若不是装修太让人不安，这里作为主要的基地最适合不过了。

一个星期很快就过去了，洞口的工事已经布置完全。当防尘布揭开的时候，我们几个都有点惊恐，这个阵仗也太大了，这哪里是缆车呀，明明就是没有轮子的小坦克，说好的防弹玻璃全部换成了15厘米厚的铝合金板，像关犯人那样弄出了一些栅栏用来观察外界，4个缆车就像鱼饵吊在鱼钩上那样吊在塔吊上。

本来我觉着这事也没那么恐怖，但是军队的这个做法直接就告诉我们，这下面的东西，可不是什么善茬儿。

面对这个要打仗的架势，老林也是一时语塞，我估计这就叫骑虎难下。我问老林："林老啊，你就不能给我说说这底下到底有什么？"老林瞟了瞟我，用一种非常认真的语气伴随着相当敷衍的态度告诉我："有鬼。"

我一听那个气呀，这老小子到底什么毛病，就不能像对胡子和老邱那样给我认真地说几句？我忍不住要发作，正酝酿着肩膀就被一只强有力的手握住了。我一回头，看见了老邱，"想知道啊？"老邱问我，我用了一种从未有过的眼神看着他，心里想你这不是废话吗？老邱点了一根烟，看着远方的塔吊，目不斜视地说："我也想知道，不如现在先下去看看？"

10分钟后，老邱一个人带着对讲机，穿着防弹衣，拿起他的95步枪就上了缆车。我在地上对着他大吼："你丫逗儿子呢？

你不带我去你给我说个屁,你到底几个意思?"胡子在旁边笑得合不拢嘴,也被我骂了两句。

老邱还算没有良心尽失,把能和他通话的两个对讲机给了我一个,我像个小孩子一样的莫名开心,可是碍于刚才的事,又不能表现出来。于是也学老邱板着脸,目送着他缓缓地下落,直至洞的黑暗将他吞没……

大概两分钟以后,我试图和老邱联系,按照这个速度,他最起码下降了20米。我调了调对讲机,对着里面喊话,可是并没有任何回应。另外一边的人也慌了,他们以为是自己的对讲机出了问题,向我这里跑了过来。我们把两台对讲机放在一起,各种调试过后仍然徒劳,这个时候塔吊下降的摩擦声也已停止,所有人突然安静了下来,气氛莫名的恐怖。

在漫长的20秒后,对讲机突然传来了声音,不过这个声音不像是老邱的,倒像是一个孩子的,只听见他无比清晰地喊了一声"爸爸"。

5 事变

"村长的孩子!" 不知道谁喊了一句,听语气他对于自己的判断还颇为得意。我并不是没想到这一点,对讲机里传出来的声音明显是个女娃,而村长家的是个男娃呀。就算是胡子之前讲到的队伍,里面也没这号人物,这老邱看起来更没这方面的癖好,莫非这洞下,还有其他人?

一旁的惠珊抢过对讲机对着那边喊话,等了半晌没听到任何回应,对讲机里也开始传出电流声,咝咝地响个不停。

我心里暗叫不好，拿了根强光手电就冲到洞边对着下面探照，按道理说这不过20米的距离，就算不能看清那吊箱里的状况，也不至于什么都看不见，我沿着钢筋照下去，眼看应该快到头了，却一下没了目标，手电光被吞入，漆黑的一片连个光斑都没有反射，就好像这放下去的就只有这条绳子。我一瞬间怀疑是不是那吊着的东西已经不见了，老林见状忙从兜里掏出俩小红旗，交叉在胸前，对着操作塔吊的人员做着手势，意思是赶快把人拉上来。

塔吊上的兄弟见我们的氛围不对，也意识到出了问题，一拉闸刀，立马整个塔吊一震，那边发动机哗哗一响就开始往上面拉，这拉的速度可比下降时快多了，就在拉了五六米的时候，突然一个磕腾，卡住了。

这一停，我们的心跳也只差跟着停了，大家不明就里地盯着刚拉上来的那段钢筋，居然长着铁锈。就在愣神的这一会儿功夫，那下面又活动开了，塔吊又一震，继续往上拉。

等完全拉上来以后，我们看见那小坦克还好好挂着，不由得松了一口气，对着那边招呼着老邱，可任凭我们怎么喊，那边始终没有回应。这时候一旁的一位兵哥说了一声："这是什么玩意儿？"我顺着他的眼睛看过去，才发觉这吊箱底好像冒了些什么出来，像是植物的幼芽，我靠近了一些，俯身一看，这不是霉菌吗？怎么这么一会儿功夫就发霉了？

再收回目光，仔细对着吊箱一番打量，发觉这东西好像陈旧了不少。立马一个可怕的想法不由得从心底冒了出来，我尽量遏制自己不去想它，对着那吊箱，我喊着老邱，声音脱口出来都变了味。

吊箱始终沉默地审视着这一群人。胡子溜到我背后，小声

窃叹的房间

对我嘀咕:"这人该不会也发霉了吧?"这座吊箱,就像一个梦魇,摆在我们面前,是心里一个跨不过的坎儿,最起码我并没有勇气透过那栅栏看看里面是哪般风景。

塔吊开始转动,把吊箱从洞的中央移向地面,我退到了人群后头,看见老林和惠珊正坚守在第一线。

随着一声闷响,吊箱稳妥地垛到了地上。老林立马冲上去,透过缝隙对着里边张望。片刻之后,老林回头看着背后一双双睁得溜圆的大眼睛,说:"人,不见了。"

听到这个答案,我扒开人群,来到吊箱旁边查看。透过栅栏,我看见箱体内部也长满了很多真菌,里面的钢板腐蚀得不成样子,就连开关箱门的锁扣,也都锈死了。

旁边一个比较刚直的士兵抬起枪来突突了几下,锁扣就如石膏一样碎开来散了一地。我把门拉开,一股海鲜生蛆的烂臭味儿弥漫开来,我喉咙一暖,知道中午吃的东西已经到嗓子眼儿了,背过身哇的一下吐了一地。

胡子抓了包纸巾过来给我擦嘴,一张接一张给我递,递着递着突然不动了,我手够了半天没够着,抬头看着他。后者盯着打开的箱门,一脸魔障的表情,喃喃道:"这就妖邪了。"

箱门上布满了苔藓,但是在一大片苔藓中有一块明显地凹了下去,仔细看不难发觉是字的形状,上面写着:我找到了李铁三。

顺着胡子的目光,我也看见了这行字,同样看见这行字的还有旁边的几位阿兵哥,好家伙二话不说,也不问问情况就一个裸绞把胡子拖到了地上控制住了。

胡子也恼了,张口就骂:"放开我,刚才还好好的你突然抽什么疯!"

那位也不是服软的主:"邱哥怎么了?"

"你他娘这不是闭着眼睛卖布瞎扯吗?我刚才一直在你旁边我能把他怎么样,我要是有这个神通还能让你弄地上!"

"看清楚门上写的可是你的名字!"

"老子知道你认字,你松开爷爷,我发个三好学生的奖状给你,还镶一朵大红花!"

惠珊也过来劝架,那位想了一会儿,觉得胡子确实也没有时间,甚至是没有空间去做这件事,才不甘心地放了开来。胡子一个挺身就要上前干架,我费了好一番力气才拉住他。

为了安全起见,我陪着胡子离开了现场。我们离开的时候,所有的士兵正排成一排对着那吊箱敬礼……

一周后。

这些天惠珊这丫头一直在村里帮忙,嘴巴也特别甜,见人就叫哥哥姐姐,老的就叫阿爸阿妈,很讨喜。事情发生以后她凭借那金口玉牙的本事,找到了村里的几位好事大妈,故作神秘地告诉了她们稍作处理后的事情经过,还再三强调千万不要告诉别人。几天后全村人都知道了这么个事,但是他们听到的版本基本上都是这样的:我们队伍里的头头听见洞里有小孩声音,要去救,结果掉洞里去了。当然他们不知道那孩子是个女孩,总之村长听了,感动得不行,同时也很愧疚,觉得是自己害死了这个人,一下子就对我们敞开了心扉。我们在村里的地位高了起来,谁家有个萝卜白菜煮玉米的,也会给我们送上一箩筐。

我眼前的土家族大哥,正穿着一身特色服饰,跳着和他的身段极不协调的妖艳舞蹈。他的背后,一个硕壮的汉子拿着一把锋利的匕首,脸上挂着庄重的神情。我们和村民围成了一个大圈,他们俩站在圈的中央,要做一场法事。

窃叹的房间

舞毕，大哥冲天一声怒吼，双目死瞪，双手合十盘腿就座。身后的汉子拿出榔头，对着大哥的天灵盖顺着匕首就是一锤子，再松开手，匕首已经插入头里，足有二指深。

我看得汗毛直起，那汉子却不曾收手，又补了几锤，刀已经过半插入了头颅，这才罢手。

按照他们的说法，这个法术的名字叫开红山，他们土家族的祖先巴人祭白虎的时候就做这个法事，做完可使得受法对象得到保佑，平安度过劫难，同时也是他们民族表达尊敬的最高礼仪。村长经受了良心的拷问，最后实在觉得过意不去，就请来它村的傩术大师，来了这么一出。

法事做完，壮汉走到了老林身边，念了一段经文，接着把老林请到了那位大哥面前。要我说这位大哥也真够敬业，刀插了这么深，他还纹丝不动，我甚至担心他是不是已经死在那儿了。壮汉拉起老林的手举高，像拳击比赛裁判宣布结果那样，倒念了些我听不懂的地方话，村民就沸腾了。

我拉过看热闹的一当地小孩，问他这哥们说了啥，这小屁孩也不说话，一言不发盯着我的口袋，我一看半块巧克力露了出来，就掏出来放在他的手上，说我包里还有。他这才听懂我的话，告诉我老林是他们尊贵的客人，所以要让他亲手把刀拔出来，这样福报也会恩泽到大家身上。

再看老林，对着那露出来的半把刀，战战兢兢下不了手，最后在众人的起哄下，一个咬牙，铆足了劲，一拔，没拔出来。可以看到他的表情很惊讶，我看到他这一拔那人都拉离了地，刀却没出来。

拔了三五次，老林才成功降福，他满脸惊恐地给我们说：那刀插骨头里去了。几个村里人给我们队员一人贴了一张黄符，就点起篝火开始了狂欢。

上周胡子那事,我不保证说调查清楚了,但是我还是很相信我所见的事实,胡子从头到尾都和我在一起,不可能有时间去祸害老邱。惠珊却不认同,她觉得胡子是从洞里爬出来的,没准说的就是假的,最起码老邱下降的深度比他深,后来他们几次在深度10~20米的范围内检测物质成分,别说是玉,就是石头都没检测到半块。所以从那个时候开始,只要是惠珊那边的人,对胡子都没个好脸。但是依我对胡子这个人的判断,他不是那种胡咧咧的人,虽说他嘴巴快,人也随性,但是不坏,在大事上面也很严谨。就这几天,我和他的关系突飞猛进,成了好哥们。

我和胡子假设了一下老邱当时进去以后发生了什么,首先我们可以肯定的是他下去以后时间变得非常的快,按照吊箱上面植物生长的程度少说没个三五年是长不成那个样子,所以我推测要是真的有人掉下去,按照这个说法,还没掉出100米,可能我们这里才过了一分钟,他已经老死了。对于箱门上的字,我们大胆地假设另有其人,虽说也不能让我信服,却也实在是找不到其他假设。

之后的一个星期,没什么进展,战士们打死也不下洞,惠珊也害怕,不断说还好老邱莽撞了一下,要是20人全部下去,后果不堪设想。

老林虽然是专家,可是面对这个情况,知识也匮乏了,在外围忙活半天,什么也没有搞懂。我再次问起他曾经提到过的永渊,他都尴尬地回避话题,不忘说道:别提了,别提了,幼稚得很。

派对开到半夜,我眼皮直打架,准备回到庙里洗漱一番睡觉。到庙里发现水缸已经空了,无奈疲惫地拿起扁担,挑着水桶来到井边,正欲放桶,突然腰部一震,我马上反应过来有人在推我下井,心说不妙,欲转身搏斗,又结结实实地挨上了一腿,失去了平衡一下就跌进了井里。在落井前的空档,我心想这次完了。然后入水的那种朦胧声就把我笼罩,我不会游泳,脑子里飞快地回忆着以前去游泳馆那些人是怎么浮起来的,一通瞎比画,居然站了起来,这才发觉这井水仅仅没到我的腰部。

我不敢声张,怕上面的人知道他的奸计没有成功,万一又想个其他法子来害我。我半蹲在水里,只留了个脸贴着水面,静观其变。

"别装了,淹不死你。"上面传来了声音,这声音不是人的声音,已经用变声器处理过了。他没有等我回应,接着自言自语:"我只说一次,每一句话你都听清楚了,我在你们俩的枕头底下都留了封信,你回去就能看见,信里有指示,你照做就行,如果不做,你就再也见不到龙坨了。强调一下你没有选择的余地。"

说完,他扔了一根绳子下来,等我爬上去的时候,周围已经没了人影。龙坨是我的幺公,在家里最疼我,年轻时响应周恩来总理的号召,1988年去了桑给巴尔岛做义务医护人员,1992年回国以后做起了佛牌生意,2016年8月去缅甸走商,赶上蒲甘大地震,之后活不见人死不见尸,就这么断了联络。我们早就觉得幺公死了,他这番话一说,让我觉得摸不着头脑,却也不敢大意。

我水也顾不上打,拎着俩空桶一路跑回庙里,老林已经回来了,看见我浑身湿透也猜了个大概,笑着调侃我:怎么的,夸父同志觉得桶太小了,不解渴?我找了个理由把他支出去,翻开枕头，底下果然有一封信，我顺势翻开了老林的枕头，底下只有一双鞋垫。我刚才在井里听见那个人说在我们俩的枕头底下都放了信，那么另外一个他到底是谁呢？

我看着信，决定先把这个疑问放在一边，信的内容才是此刻的重点。我拆开信封，里面是一张纸壳卡片，翻过去上面只写着一行字：去夜郎学院仁安415教室。

6　夜郎学院

看见这纸壳上的字，我一时词穷，找不到什么词来形容自己的心情，倒是想起来胡子前些天说过的台词：真是妖邪。

这个夜郎学院，是贵州的一所野鸡大学。2007年贵州龙化石火了一段时间，历史学家和地理学家都大规模前往贵州考察。

那时我还是个学生，我的导师正在做与化石相关的学问，就带着我们几个同学来到了贵州，恰巧他有一个姓储的老相识在这夜郎学院任职，稍作联系，储教授便答应安排我们在他那儿暂住，他也乐意与我的老师叙叙旧。等到地方后，第一眼看到这个学校时我傻眼了，楼房建筑好生讲究。在南京夫子庙有一个科举博物馆，叫江南贡院，就是古代举行科举考试时考生的考场风格，这学校简直就是一模一样地抄了过来，古朴浓郁，辉煌大气。特别是主教学楼宿夫楼和仁安楼，在楼的中段用一个琉璃瓦长亭，像彩虹桥一样镶接了起来，下面是一片花湖，手笔之大，令人咂舌。

那时我们对贵州的大学不怎么了解，无不被眼前这番景象折服，追问老师的旧友：这学校是985还是211哇？那老师也不避讳，冷笑了一声，自嘲地说道："这啊？就一野鸡大学。"

所以我的印象尤其深刻，这野鸡大学能野成这般模样，也是厉害。只是，这本该在我脑海中沉淀的一件旧事，怎么又会以这种方式浮到了水面。

庙门口传来了嘎吱的木门响声，我知道是老林回来了，忙把卡片揣回内包。

"哎，哎，小张，哪有啊？我怎么没找着啊？"他被我忽悠出去找鸟窝，肯定是没找着。

"哎，缘分不够，缘分不够啊！"

在老林看智障一般的眼光中，我逃也似的跑出庙门，同时也不忘在脑子里反复念叨刚才想到的事，怕断了思绪。

第二天，我找到胡子，试探了几次，发觉他好像也没有收到卡片，那另一个人到底是谁？卡片上写的内容又是否和我的相同？这些疑问让我很心焦。

思来想去，我决定还是去一趟。武陵山到夜郎学院，也就400多公里，一来一回速度快点也就是一天的事，没准还能找到我么公的消息，这也算了却我一番心事。

当天上午，我收拾了一些简要的装备，又去求了惠珊半天，最后许诺回来的时候给她带上几桶烧龙虾，这丫头才同意借我一辆越野车。

走之前，我还特意问了一圈周围有没有人也要去这里，他们都觉得我这个问题莫名其妙，看样子那人提到的另一个收信人并不在这里。

车开了4个多小时，已经走了300多公里，眼看到了中午，肚子也叫起来，我便停在惠明服务站休息，顺便给我的么婆打了一个电话报平安就下车吃午饭，吃得正欢，背后挨了一大巴掌。

"三丰，真的是你哦，我还以为认错了嘞！"

我一看，哎，这不是我的大学室友牙子吗？牙子本名李雅职，最开始有人叫他鸭子，他把那人揍了一顿，后来我们都改口叫他牙子。三丰是我的外号，大学期间我俩关系好得跟兄弟一样。我是班长，那时他一个学期不上课都是我给瞒下来的，平日里他也请我吃吃饭，给我充充游戏点券什么的，想不到在这里给撞上了。

"牙子！你咋在这儿呀？"

牙子指了指旁边的加油站："我家是搞这个嘞。"

他又问我："三丰你要去哪里嘞？"

我给他说明了来意，他一听激动得慌："我说我怎么会遇到你，这个是缘分哦，老天爷叫我来的，说夜郎学院新路塌咯，导航导不上去嘞，我带你去，要得？"

"要得！要得！"我模仿他的口音回答他，他也乐了，去给我结了午餐的账。

这夜郎学院的老路不好走，路面都是坑，好多在我们前面的小轿车都掉头回走，要是我们开的不是越野车没准就得徒步。之前下过一场雨，这路上到处都是稀泥，一个轱辘下去溅得满车都是泥。

折腾了一小时，我们终于来到夜郎学院的大门前，一眼就看见学校门口标志性的建筑：一位西方哲学家模样的人左手举着一本书，右手一只鸽子正欲起飞，寓意知识和自由云云。

当年就是这个学校的一个小王八蛋把这个雕塑拍到网上，还不忘配字，说读书顶个鸟用。

我们俩下车走进学校，被门口的保安拦住了："你们俩干吗的？"

窃叹的房间

我看着旁边各种形形色色的人进出他都不理睬,怎么偏偏拦下我们?

我拿出了助教牌子:"我是老师啊!"

保安瞟了眼我鞋上的泥,冷笑一声:"背后工地的吧,来我们学校吃学生餐?"

牙子觉得受到了侮辱,用手指着车道:"工地的?那个车是我们的,你家工地干活的开路虎上下工?"

保安挂起一副鄙夷嘴脸,意味深长地冷笑一声,用对讲机呼叫了学校的保卫处。

储教授是这里负责教授计算机的老师,我和牙子坐在他的办公室里问候着保安家属。储教授去门口亲自接我们的时候保安还检查了他的种种证件,在得知我们俩真的不是暴徒,储教授也不是我们的同党以后,他像泄气的皮球,镶回他的皮椅里,瞬间老了一圈。

储教授告诉我们,现在正是期末考试期间,其他学院的学生都考完了,只剩下他们学院和化工学院的学生在校准备今天下午的最后一场考试。我这身旅游的行头确实比较显眼,所以才会被保安拦下来,说罢他问起我的来意。

坦白说我并没有想到还要再见到储教授,他这么一问我完全没准备,一时语塞,支吾了半天没说出句话来。

他见我这样没再为难我,干脆地问道有没有他帮得上忙的,我心里感激得不行,顺着他的话问了他仁安415教室在哪儿。储一听,眉头一皱,咂着嘴,眼珠子斜着盯住天花板若有所思。过了小会儿功夫,他猛地一拍大腿,拿出一张监考表,指着上面的一场考试说:"我就说怎么这么熟悉,今天下午3点半我要去这个考场监考。"

我心说这也太巧了，只不过好在他知道这个教室在哪儿，只能麻烦他带我们去一趟。可是储教授却说他无能为力，他解释为了防止学生们做什么小动作，最近仁安楼只有考试时间才开放，其他时间都是锁着的。言毕，他忽然想到了什么，问我："你是不是想去那里？"

我有点不好意思，我现在没有理由就是要去这个教室，这不神经病吗？

储教授见我这般窘态，给我了一个台阶下："小张啊，我有一个不情之请，还希望你和这位小李同志帮个忙。"

我一听，知道有戏了，忙应和：

"您说您说，这必须的。"

"这下午和我搭班的俩监考老师是一对夫妻，那女老师请病假还没找到人替上，男老师正到处找人换班，尚未落实，不知道你们俩……"

我一听，顾不得询问牙子的意见，一口答应下来……

监考场内，我揣摩着这个教室，并没有看出什么独到之处，不知道那推我下井的神经病是不是耍我。转念一想没准只能一个人来，然后肯定了自己的想法。嘿，肯定只能一个人来呀，这么多人在这儿，别人怎么和你谈话，我越想越觉得自己傻乎乎的。

但是考试已经开始了，说走也不是，只好耐着性子消磨时间，这时一个女生睡眼惺忪地摇进了考场，储教授一看，笑了笑："怎么了？袁贵人身体欠佳？"袁贵人是储教授的学生，平常自在惯了，储教授就给了她这么一个外号。

袁贵人一听，吐了吐舌头："老师我错了，对了，张老师是哪一位？"

说着她拿出一个信封,和昨天我在武陵山看见的一个一样。

"我来的路上一位老师让我带给你的。"

我也没怀疑自己张老师这个称呼,上去就接过信封,小姑娘借着我拿信的这一下给我低声说了句:"一会儿我作弊不要抓我呀",就小跑回了自己的座位上。

过了几分钟,我走到了考场后面,装模作样检查了一个学生的抽屉,然后表示他很可疑,就顺着他旁边的座位坐下了,意思是我就守这人了,没事别烦我。

打开了信,里面还是一张纸壳卡片,同样只有短短一句话,看得我直冒冷汗,想不通这人在闹什么幺蛾子。那纸板上写着:我们天上见,这字迹我觉得很眼熟,再看署名居然就是我的幺公。

我盯着卡片喘粗气这劲把旁边的小伙子吓得不轻,写两个字就抬头瞅我一眼。见我也盯着他,挺害怕地指着题,试探性地问我:"这,这没做错吧?"

我说:"零分!"然后接着看我的卡片,心里百感交融,觉得很迷茫。

百里外,惠珊还等着我的烧龙虾,却不知道,从这一刻起,所有的事都发生了翻天覆地的变化,我们曾经以为是科学的东西,在以后的时日里,变成了迷信。直到我真的把龙虾交到她手上的那一天,借用胡子的话说,已经物是人非,欲语泪先流了。

时值7月中旬,太阳特别毒,没过多久窗边的考生就受不了了,提议把窗帘拉上,牙子过去帮他们处理完也摸到我的旁边坐下。那个考生不知道自己惹了哪路瘟神,得到这种特殊待遇,更是举步维艰,不敢下笔。

考场很闷热,半个小时后,我和牙子哈欠连天,一个没忍住,两个不负责任的监考老师就这么蜷缩在最后一排的空位上打着呼噜睡着了。储教授拿我们没法,苦笑着让考生们继续答题,就这么任由我们大睡。

直到考试结束前15分钟广播放提示音,我们才极不情愿地醒来。牙子生来对小细节特别在意,刚醒他就有些不对劲,我看他的神色有些惊慌,忙问他怎么了,他警觉地问我:"三丰,这小窗口刚才不是有些树枝来着?我怎么瞅不着了。"

校园里随处可见这种窗体结构,就是上边是几扇固定死的小窗,下边安装的才是可以活动的板窗,一般窗帘都只能遮住大窗,所以牙子拉上窗帘后,小窗没有被遮住。

我没意识到问题的严重性,觉得这小子是待得不耐烦了,笑着宽慰他说:"风吹断了呗,你娃磨皮擦痒的,再忍下,晚上请你去吃顿好的。"

牙子急了,不再和我啰唆,跑到窗边拉开了窗帘,这一拉,我也立马察觉到了不对劲的地方,视野里有什么东西很违和。按道理我们现在是在仁安楼4楼,是在学校的最北边,而我们进校的时候看见雕像是在学校的南大门。进教室的时候我还观察了一下周围,窗外是一片行道树,每棵树都有四五层楼高,虽说不能遮阳,但是挡住视线是没问题的,视野根本看不出去。而现在一眼望过去,我直接看到了雕像,并且角度也有些奇怪,那雕像少说也有15米,怎么我从4楼看过去,得从俯视的角度?再就是刚才窗外是一片绿荫,现在空空如也,那些树就这么一打盹的时间没了踪影。

学生们没有注意到这个问题,牙子拉开的缝隙不是太大,而且他们也都忙着答题,没功夫理会。我凑到牙子身边撩开一个窗帘角,贴着窗眺望,猛然体会到了这种违和感是怎么产生的,

窃叹的房间 | 193

因为我们现在所在的高度，绝对不是4层楼的高度，这最起码是从8楼往下看的视野，而且更离奇的是，我盯着雕像的这会儿功夫，它好像还在移动。

"三丰，你试试能不能盯着地面上一个点，但是瞳孔不移动。"牙子的声音夹了一些哭腔。我照着他说的做，果真不能定住。

不用牙子解释，我也明白这意味着什么了，虽然很平稳，速度很慢，以至于根本感受不到，但是，这个事实就真切地摆在我的眼前。

没等我说出我的判断，袁贵人那边就嚷嚷开了，她放弃了对于考试的抵抗，撩开窗帘思考人生，一个愣神之后全身像触电那样抽搐了一下，尖叫道："我们教室，在飞！"

7　崩塌

袁贵人吼这么一嗓子，其他同学也注意到了异常，他们熟悉这个地方，看到这个景象后做出的判断也更加果断。很快教室里就引发一阵骚动，储教授挤开学生堆，跑到走廊上察看情况，我和牙子也跟了出去。

走廊尽头是一小块露天阳台，做得很有特色，风格上模仿了中国古代抛绣球招亲的那种楼台，更妙的是上下层的阳台不重叠，彼此交错，像一个十字从楼体凸出。如果俯视这栋楼，那么这些阳台会在楼体外围围成一个圈，从这里观察地面的情况，十分清晰。

储教授最先跑到阳台边，把头探出去对着地面张望，我和牙子同时停住了脚步，等待他的答案。

约莫过了一分钟，储教授转过身来，从他和我眼神接触的那一刹那我心里已经有底了。他嘴巴微张，不自觉地摇着头，眼神发直，似乎还没有从刚才看到的景象中缓过神来。

他踉跄了几步走到我们旁边，扶着墙蹲下，腿哆嗦个不停，他脸色卡白，看着我说：

"我们还在往上飞。"

说来也怪，这栋楼就像有生命一样，之前上升的时候怕惊动我们还不动声色，储教授这句话一出它便肆无忌惮，索性来个一步到位。那边话音刚落，这楼就猛地一震，然后一股强烈的超重感直接把我压得蹲在地上，就像飞机离地前的推背感，压得我头晕目眩直打恶心，同时耳边传来了呜呜破空声，可见这上升速度相当的快。

教室方向传来了学生们尖叫哭喊的声音，储教授不顾我们的拉扯，甩开我的手，用了一个十分难看的姿势朝教室的方向爬。

我产生了一种生理性的反胃，脑子也不争气地想到了跳楼机，那种机器不紧不慢地把你升到几十米的高空，然后一瞬间放空所有升力，任你自由落体，接下来你就会有种看破世间红尘，只要下一秒还活着的觉悟。我忍住不吐出来，又过了几十秒，楼停下来了。

我们交换了一个眼神，然后径直走向阳台，步伐的坚定颇有壮士就义的那种悲壮感。阳台上看到的景象，远不止是我们想的那样简单，我第一眼看到的是那片花湖的全貌，透过云层看去，这湖的面积还没张饼大，飞过一群鸟都能遮严实，再看那雕像，变成了一个白色的点。上升的过程，房屋的一些承重结构也遭到了破坏，仅我们看的这会儿，就不时有一些砖头瓦片什么的直往下掉。这时通过花湖的倒影，我发觉了一个大新闻，

窃叹的房间 | 195

原来不仅仅是我们所在的仁安楼发生了这样的事，居然是这一整个教学区都飘在天上！我从水里看见了那个彩虹桥，还有在我们当前视野看不见的西方位，宿夫楼也在那儿待着，原本地面上是教学楼主体的中心地带，现在除了那片湖啥也没剩。

惊讶之余，牙子也有了新发现，他指了指背后："三丰，你有没有发觉这里有点不对劲。"

我心说这小子都什么时候了还卖关子，不禁有点火大，对他吼道："我们都他妈上天了，还有什么更奇怪的！"

他见我这样，反到很镇静，指着一块云对我说："这云一直没有动。"

我觉得好气，他以前就老这样凡事抓不住重点，尽想些五迷三道的东西，就不耐烦地告诉他："你这咸吃萝卜淡操心的，这云没动就没动，你要嫌它碍眼就去把它推开。"

"不是，三丰，你听我说这里没风……"

他这人以前就有这个缺点，遇到越是渴望表达的东西就越是抓不住重点，我很了解他，所以不想陪他在这里浪费时间，打断了他的话回到教室。

可回到教室，学生们却很镇定，甚至有位大仙还在埋着头写卷子，两耳不闻窗外事。我纳闷这是怎么了，他们的承受能力也忒强了。

袁贵人见我进来，给我道出了缘由，原来他们刚才已经打电话报警了，说学校有绑匪，警察现在在来的路上。之前有一位学生如实说明我们楼飞了，人在天上，还没讲两句那边就把电话挂了。现在他们只要警察能来就行，落实以后警察准会派直升机来接我们。

我一听，猛地一拍脑门，我怎么就没想到打电话，要是在

钓鳌宫

古代这事真是没法，如今都什么年代了，我怎么刚才像个原始人一样手忙脚乱的，顿时觉得十分丢面。这眼下的大事有了着落，才后知后觉我刚才对牙子那番话有些过了。

其实最冤枉就是他，好心给我带个路，被卷入这么一桩麻烦事中，还被我毫不留情地调侃了几句。我现在回想起来心里那个过意不去，就折回去找他道歉，看见他人在那儿吃了瘪，蹲地上一副难过的样子，我赶忙上去赔礼道歉。

牙子也不是计较的人，对我的话没怎么放心上，不过他还是念念不忘他刚才的发现，见我这会儿心情好些了，又准备给我提。

就在这时储教授找到了我们。

"小张，小李，我需要你们说实话，希望你们俩配合我。"

听他这语气，我已经把他的意思猜了十之八九，他肯定觉得这事和我们有关联。

果然，他接着问了："之前我觉得你们来办事我也不好多问，但是你们偏偏要找这个教室，又偏偏你们一来就发生了这种事，我现在为了学生的安全考虑，希望你们告诉我，你们来这里，到底是想做什么？"

我心里苦，这被怀疑的滋味可不好受。

索性简单一些，直接告诉储教授："是有人让我来的，他也没说让我来干吗，就说让我来，这不我一进教室就收到信了嘛。"说罢我直接把信拿出来给他看，顺便博取他的信任。

他接过去，看了一会儿，疑惑道："就这几个字？"

我拍着胸脯道："哎哟，我真没骗你，我也是一头雾水，倒是这……"

话说到嘴边，我一个激灵，之前我还没有意识到这两件事

窃叹的房间 | 197

之间有什么联系,但是这么一提,给联系上了。信里说天上见,现在真到天上了,那么按照这个逻辑,莫非我的幺公也在这儿?

储教授见我不说话了,还以为我理亏,说让我别有什么多余的顾虑,他只想让我们帮着照顾学生,说罢拿起电话拨通了刚才存的保安电话,几个忙音后那边接通了。

"谁呀?"

"我是暴徒啊,刚才你检查教师证那个。"

"哇,兄弟哦,我看见咯,你们飞得好高哦,怎么弄的?"

"你先别问了,你现在去宿夫楼找校长,让他出来和警察沟通一下,处理处理这事。"

牙子听他这么说,搁旁边插了句嘴:"宿夫楼也飞嘞,就在我们隔壁哟。"

储教授一听,啪一声挂断了他的翻盖手机,跑到走廊另一端的厕所,把头从厕所留着装排气扇的窗口伸出去,过了几秒钟又快快地缩回来。

我觉得奇怪,问他:"你这么急着找校长怎么不直接给他打电话?"

储教授告诉我们,宿夫楼主要是化学系和其他各个专业的实验楼,里面易燃易爆炸的东西很多,就像加油站不能打电话一样,进这栋楼是不允许携带手机的,而校长同时也是化学系的教授,看目前这个情况,估计他们也被困在那里面了。

"那么我们去找他们?"我提议。

"不行,中间那个连廊只是一个装饰品,面子工程,不能走人,不算那个连廊的话,这两栋楼事实上是完全独立的,现在一楼又没沾地,我们过不去。"说完储教授想了想,又补了一句,"如果实在要过去,倒是也可以试试爬那个连廊,从顶上骑过去,但是太危险,我们就先保护好自己吧。"

我记得以前看过一条规律叫墨菲定律,其中有一条好像是你怕什么就会来什么,就这么稀奇,这边刚说完保护自己,那边就出事了。

教室里先是爆发出一阵惊雷般的惨叫声,接着又传来一浪桌椅板凳碰撞在一起的那种清脆木头声和桌子腿摩擦地板的尖锐声,再接着就是像中小学出操时候那种几百人一起在楼道奔跑的震动从地板下传来。我看见一个学生最先冲出教室,然后腿一软就跪在了地上,另一个赶紧上前搀扶她,后面出来一个嫌她俩挡路直接一脚把前者踹出老远,然后径直冲我们这个方向跑过来,嘴里嚎破音叫喊着"快上楼"。

袁贵人紧随其后,对着我们喊:"楼塌了,跑!"

我的目光还是无法从那两个倒地的女孩身上移开,她们吓得腿软根本起不来,白T恤上被踩了好几个鞋印。

我受不住良心的拷问,决定去帮她们一把,刚跨出第一步,牙子一把从后面死死地环抱住我,我大吼:"你干吗,放我去帮她们!"

牙子轻描淡写地说了一句"看地下",然后就松开了我,选择权又回到了我的手上。但是当我知道牙子所指的东西是什么以后,我刚才的一腔热血瞬间凉透了。

就这一眨眼的功夫,无数条细小的裂纹布满了这两个女生所在的区域,而且正在从我们的方向蔓延,每距离我们更近一步,这个裂纹都在变得更深、更大。

袁贵人见我们三人站在原地不动,而危险也在靠近,出了急相,忘了她和储教授的小约定,大喊道:"爸爸,快点过来!"

随着这一嗓子,走廊开始崩塌,我们眼前的几块大石板一

窃叹的房间 | 199

下就裂开，然后掉落下去。我不傻，最终放弃了救那两个女孩的想法，转身就跑，没人发觉我委屈地噙着眼泪。

　　塌方持续了5分钟，4楼以下全没了，4楼还剩下3米左右的走廊，就连着我们刚才待的厕所旁边上5楼的楼梯口。等我们再回到4楼看情况的时候，原本坐着两女孩的地方，现在漂浮着一层薄薄的云，飞过了两只鸟……

　　5楼和4楼的结构一样，为了安全起见，我们爬到了教学楼的高层。仁安楼一共有16层，我们现在停留在12层的位置。这一眼看去起码少了一半人，大家都惊魂未定，没人说话，气氛很沉闷。

　　袁贵人在储教授的怀里，哭花了妆容，我上前搭讪："你爸爸姓储，你怎么姓袁啊，跟着妈妈姓的吗？"

　　储教授往旁边挪了挪屁股，示意我坐下，我坐在他们旁边，看着古灵精怪的小女孩哭得跟泪人似的，不由得心生怜悯。

　　储教授拍了拍我的肩，说道："我这年龄都要当她爷爷了，你也是真性情，这孩子是我领养的，当时知道她姓袁，我就给她取了一个袁贵人的外号，平时在学校里我不准她叫我爸爸，我只求她快快乐乐就行，她懒点不学习也就罢了，各科老师那儿我说说，她也能顺利过关。"说罢他无奈地笑了笑，对着袁贵人说："傻丫头今天急坏了。你说你急什么，爸爸还会丢下你吗？"

　　走廊的另一头，12层的阳台上，传来一阵欢呼声，原来几个闲不住的学生，说去阳台上看看警察来了没，结果发现了个大宝贝。离学校宿夫楼不远的地方，有一个工地，之前保安就是怀疑我从那儿来的。这个工地一直在修建一座80层的国际大厦，现在已经到了竣工阶段，而我们都以为仁安楼在上升的时候是垂直上升的，事实上不是，它发生了一些偏移。从我们这个阳台看过去，这座大厦离我们最近的地方，直线距离仅有3米不到，而且对面的楼还有几个工人，也在一脸诧异地盯着我们。

这个发现把我们乐坏了，目前楼也没有继续上升，我们可以找到一个固定的角度，搭建一些东西，我们踩着过去。

和他们沟通了一会儿，他们并没有什么材料可以架在中间当桥。我想到了一个办法，我告诉储教授，我们可以把每个教室的黑板卸下来，叠在一起，叠个大概5层就可以承受起一个人的重量，然后把它当成一座板桥架设在两栋楼之间，这样我们就可以直接走过去。

他们一致认为这个方案可行，事实上如果不是女生比较多，直接让他们找根绳子，两边一固定直接爬过去就行。

忙活了大概半小时，警察来了，我们的黑板桥也做好了，我也真是佩服这些警务人员，按道理这种景象不常见，他们应该是表现出些许惊讶。

但他们来到现场以后，看见几栋那么大的房子在天上飘，脸上的表情也只是表露了：行了，我知道了，没事。

他们现在也在我们对面的俊峰大厦，因为来的时候没做充分的准备，其实这种事本来该是消防队的事情，我们谎报军情才给他们骗过来，所以他们狙击手倒是带了几个，逃生工具一样没有。来了也是干着急，目前也还得靠我们的黑板战术。

因为黑板比他们的窗口宽，放不进去，几位警察同志商量一番后砸碎了落地窗，方便我们摆放黑板桥。

可就在这窗子碎掉、玻璃渣飞溅的那一瞬间，不知道是不是我的心理作用，我觉得那些玻璃渣子在空中停顿了那么一秒钟，然后才正常向下掉落。我本来想说有异常情况，但是大家都没发现,我这么贸然来一句,难免有点唐突,就憋在了肚子里。

桥架设好了,我身旁有个男生,很没礼貌地推开我第一个冲上去,一边喊着:"我先来,我先来。"我一看这不就是刚才4楼崩塌的时候,从后面踢了那女生一脚的人吗?心说他还真不是个东西,眼下我也不想和他起冲突,暗地里盘算着等着人全都过去以后,再找你好好算一账。

他高兴地踏上我们的劳动成果,刚才我们在做桥的时候,他在一旁很不屑,说警察来了会有办法的,用着这个借口就没来帮忙。我不由得更加厌恶他。

只见他摸索前进,脚底摩擦着桥踱步向前,前面还挺好,他走到桥中间的时候,突然板子向下一沉,咔嚓一声,这小子吓坏了,也顾不得为我们考虑,原地一个立定跳远,板子吃了力,最上面一块裂开了,在这空档他已经跳到了对面。

我们这行人,经历了之前的坍塌风波,有了心理阴影,这下没人愿意当第二个了,我们这边一片骂声。他不以为然,说道:"这能怪我吗?本能反应嘛。"

他这句话说完我们所有人都沉默了,他以为是自己占理,继续唠叨个没完。可是我们沉默的原因并不是这个,而是我们发觉他飘起来了。

8 空难

他浮了起来,双腿轻微离地,很像宇航员在太空中那种失重状态。而他自己,一开始没有发觉到这个问题,觉得自己逞口舌之快占了上风,仍然陶醉在自己的乌托邦里。

可能也是觉得我们其他人变矮了，他才向下看了一眼，这一看立马慌了神乱了阵脚，手脚在空中一通乱抓，无奈找不到吃力的点，四脚朝天身体倒了过来，挂在那儿一脸茫然。

他身边的几位工人见他还在向上飘，就抓住了他的袖子使劲拽，试图把他拉下来，这不拉还好，一拉就出了事。

让他漂浮起来的这个力量，就像是有情绪一般，我们反抗的这个过程也许惹恼了"它"，原本那男孩只是处于一种类似于失重的、漫无目的的飘浮状态，旁人这一帮忙，这种力量使得男孩身边的重力就像反转过来了一般，他被吸上了天花板贴着，与其说是吸，更恰当的形容应该是摔，他从地板上摔到天花板上去了。

这个过程速度很快，拉他的工人来不及松手，被连带着飞出去老远，重重地摔在旁边的地板上。而他自己，把身体弓成一团，试图"站"起来。

如果单纯的是重力反转，也许要好办一些，但是我们随即意识到，作用在他身上的是一种更大的力，直接抵消掉了他身边的重力。他试图站起来，却被强大的引力牢牢地扣死在天花板上，为了增大受力面积，他把身体躺平，不再试图反抗，但是并没有起到多大作用。他的皮肤被拉成了好几层褶皱，向后脑勺堆积，脸上憋得通红。

再看他身后的天花板，已经被挤出来的血液染红了一大块。旁边的警务人员搭了个马肩，上面的警官直接吊在了他的手臂上，可他的手就像钉死的铁棍，这么个接近两百斤的人往上一吊居然纹丝不动。随着一声脆响，警员掉在了地上，手上拿着刚才那条手臂，手臂的断口处没有一点血色，已经干成了一根棍子。

窃叹的房间 | 203

他终于忍受不住这种煎熬，下了决心，艰难地用尽最后一口尚存的气，哀求道："放我走。"

储教授曾经当过兵，一次执行任务的时候，他的战友被一只蚂蚁咬了，刚开始觉得没事，后来几天，牙龈上长了一些藓，开始只是痒，后来越发不可收拾，最后那人用匕首把自己的牙龈都剔了，还痒，他们为了防止他做傻事，就把他绑起来捆在树上。

当天后半夜储教授听到了一声枪响，出去一看自己的班长枪还没放下，那战友的胸膛上，刚开的弹孔还哗哗地流血。

那个时候班长也只是轻描淡写地说了一句："送他走吧。"到后来，他也慢慢接受了这种观念，救不了，不如来个痛快。

所以这男孩话一说出口，储教授立马明白了他的意思，思量片刻后做出了决定。

他对那边喊道："别拉了，推，推他出去。"

那边两人还本着救人的原则，没明白储教授这是做什么，一个工人问："推出去，出那儿啊？出去不就上天了吗？这咋活？"

"你们别问了，推就是，再耽误下去他死得更痛苦。"

一人听了觉得荒唐，怒斥储教授："荒谬，这推出去他一定死，在这里我们还能想想办法，你这人怎么能当上老师！"

还在他们争吵的工夫，我看了看，那人已经一点也不反抗了，像一个物件那样安静地躺着，天花板上血迹的范围，还在扩散。

那人训斥了储教授，为自己的正义感自豪的同时，他的头上传来了一声巨响，没等他们反应过来，几秒钟以后又传来了另外一声，接着越来越快，一声接一声地传来，我耳边的咣咣声音振聋发聩。而他们那里，也有一些碎石头砸下来，当场就晕了一个，灰尘扑起老高，看不清彼此状况，两位警察躲在了办公桌底下逃过一劫。

等动静消停，尘埃散去以后，他们出来察看，只见刚才那男孩躺的天花板位置破了一个大洞，从这个洞看出去，楼上的每一层都没能幸免。视野的尽头，是一片蓝得刺眼的天空……

时间接近黄昏，我和储教授坐在厕所边上，像两个失去梦想的热血青年，脸上的表情都不太好看。

经过我们一个下午的实践发现，凡是这栋楼里面的东西，只要离开了楼，就会被"它"选中，然后二话不说给你拖到天上去。我还纳闷最开始和牙子看见湖的时候，还有一些砖头掉下去呢，现在别说砖头，就是你喝一口水，喷成雾状出去，它也能给你一滴不剩地全收了。

刚才我去了一趟阳台，一眼看去地上黑压压的聚集了一片人，学校隔出了一个警戒带，警戒带处停着警车消防车等各类相关部门的车辆，车顶上的警示灯闪得扎眼。

我现在最担心的问题是，这种情况会持续多久，我们没有足够的食物，这是一个大问题。到时候就这么隔着几米的距离在亲人面前活活饿死了，这保险公司得多冤枉。之前警方也不是没有想到，他们扔了一些方便食品过来，也都被通通吸了上去，一个学生手快弄了两片薯片吞下去，差点没被那两片薯片开膛破肚，最后我们给他调好了方位，让薯片又从喉管原路返回，这才保住了他的小命。

我手机响了，一看还是视频通话，再看号码我也不认识，想了一下还是按了接听。

屏幕上面不知道是一堆什么东西，黑漆漆一片，乱七八糟的，然后镜头拉远了，一张彪脸正对我傻笑。我一看，哎，这不是胡子吗？旁边还传来了惠珊的声音："我让你拿远一点，你看你那胡子都占满一整个屏幕了。"

一见这张脸和听见这声音，我倍感亲切，激动得都说不出话了。

"哎哟，张哥哥，你看你这事做得多不厚道，我们大家伙还等着你回去探险，你嫌地底下的东西不好，跑到空中快活去了？"

我骂这小子从来没个正经，心里却很暖和，看见他和惠珊这两个冤家同屏出现，感觉很欣慰。

我看了看他们周围的环境，愣住了："哎，你们也在夜郎学院？"

胡子嘿嘿一笑："可不，坐飞机来的，可快，我金花还没炸熟，这就到了。"

我心里感动得不行，觉得这帮人太够意思了，这么担心我的安危，急忙说："我没事，你们别担心了，来这里多累，你们走吧。"

胡子一听，笑得更厉害了："哎哟，我说张哥哥，你这怕不是被吓傻了，我铁三是重兄弟情没错，但我们真不是为你来的。"

说罢，他把镜头一转，我看到了不远处，老林正在摆弄着一些仪器。胡子走近，对着其中一台仪器的屏幕一照，说："看见这两张表了没？我也不是很懂，这已经不是我学的东西了。你看这上面一张是武陵山那洞洞里头检测到的，下面一张是在夜郎学院检测到的。发觉了什么没有？"

我观察了一下，发现两张表格居然呈镜面反射，如果把这东西打印出来沿着中线对折，这个表格就会完全重合。

胡子见我好像看出了门道，又把手机对准了他的大脸："嘿嘿，对了，就是这样，虽然我们还不知道这个相反意味着什么，但是你现在飘天上那房子，和武陵山那个怪洞，肯定脱不了关系。"

我一时不能从这么庞大的信息中找到线索，盯着屏幕发呆，惠珊夺走了胡子的手机，给我说："你别急啊，我的龙虾还在你手上，我们不会不管你的，明天就安排救援直升机上去接你。"

我看见惠珊的背后，有很多人拉着横幅，惠珊大半个脑袋挡着我看不清上面的字，就给她说："惠大脑袋，让我一下，我看看你后边是什么情况。"这丫头一听气得要死，骂了我几句，然后把摄像头转过去带着我在周围走了一圈，让我看现场直播。

这些基本上是一些学生家长，他们手上拉着横幅抗议，说官方办事不力，他们要求今天就实施救援行动，还有几个专家模样的人，跟着老林一起忙活，记者的闪光灯咔嚓闪个不停。一些像是志愿者的人在警戒线处不断劝说试图冲进来的学生家长，还有一个家长已经和一名志愿者扭打成一团，难解难分。

就在这一切还算顺利进行的时候，一名家长偷偷地溜进了隔离带，她很聪明，知道学校和工地被封锁，就顺着花湖排水口，从一堆淤泥沼泽里面爬了进来，身上还背了一把折叠梯，又从学校后门的狗洞钻进了工地，用折叠梯直接爬上3楼，躲过了大厦一楼的官兵。终于得逞，当她出现在我们对面的俊峰大厦的时候，她的女儿一见到她就崩溃了，像一个小孩子一样的哭喊着要妈妈。那位大姐一听，心里哪忍得让孩子受这般委屈，把梯子一搭就要过来，我们见状赶忙劝阻，同时也让她女儿赶快阻止她的妈妈，而她这一举动，地面上很多家长通过望远镜也看见了，欢呼雀跃着，为她的英雄壮举喝彩。

我赶忙中断了和惠珊的通话，也加入劝告人群里，她女儿估计是从小在糖罐里长大的,除了说要妈妈就一直哭,她越哭她妈妈越是激动。我们告诉她,一旦过来就会飞上天,当然,我觉得这个劝告很苍白,她不懂我们在说什么。而我们一直希望说点什么的女孩,像听不懂话一般,完全没有忧患意识,最后只说了一句:"妈妈,我想家。"

我们众人的再三警告也抵不过她女儿这一句话,最后她怒吼了一句:"我救我女儿关你们屁事!"就冲了过来。

比她的冲刺速度更快的,是她的上升速度,在众多家长和记者面前,她笔直地飞上天去了,而本想隐瞒此事的相关部门,这回再也瞒不下去了。

她这举动,也牵连到了我们,她飞上天一会儿以后,超重感再次传来,这座鬼魅般的城堡,又一次上升,这一次速度比较慢,但是时间却不短。5分钟后,楼再次停下,因为天色渐晚,光线昏暗,再加上本身也到了更高的地方,云层厚实,我们向下看去时,只能看见远处俊峰国际大厦穿孔的楼顶,和记者闪光灯的白光。

惠珊和胡子吓呆了,盯着天上那团云雾包裹的巨大阴影,半天说不出话来,虽然想得到这房子能到那么高的地方是升上去的,但是亲眼看见,突然接受不了。

"惠大脑袋,"胡子说,"这是个什么原理啊?"

大脑袋没理他,她的注意力放在远处云层中,一闪一闪的小灯光上,她再稍作分析后,明白了那是个什么东西,她惊讶地叫道:"飞机!是飞机,要撞上啦!"

听到她的喊叫,其他人也抬头看,等他们也反应过来以后,现场失去了控制,不知道能做什么的家长们,把火气发在了现在唯一阻拦他们的志愿者身上,双方爆发了冲突,打成一片。

我们这里,最先发现这件事的是袁贵人,也就只有她发现了,因为事情发生前后也就一瞬间,当我们反应过来的时候,什么都结束了。袁贵人看向远方,发现了一个大家伙,马上反应过来喊了一句:"飞机!"然后我们大家一转身,飞机已经撞上了,我们绝望地闭上眼,再睁开眼,飞机不见了。

不远处,一声巨响划破云霄,再接着满天的火光染红了云层。我以为是飞机拐弯了,但是又觉得不太可能,我们看清飞机的时候,它机头已经贴着楼了,再怎么转也不可能转过去的。

一旁的牙子说了一句话:"飞机穿过去了。"见我不太明白,就问我:"你看过《多啦A梦》吗?任意门知道吧?"

我点点头,他接着说:"就是这样,刚才我挺坦然的,想着死都要死了怎么也得明白点,就一直盯着飞机。然后我就看见飞机接触到楼梯的部分都消失了,还没接触的就剩在外边,消失的部分又从阳台那里出现,好像我们这栋楼就是一层薄薄的任意门一样。"

说罢,他问我:"还记得之前我问你说云为什么没动吗?刚才我想通了,用动画片里的话来说,我们这里有一个'界',而云层不动,是因为风根本吹不进来,就像那飞机一样。"

其实他这理论,我觉得有瑕疵,如果是这样,那么最开始那个女孩妈妈过来的时候,应该是快冲到我们面前的时候突然从楼的背后掉出去了才对。不过按照我的理论,那么飞机又应该被吸引到天上。

地面上,飞机失事,造成了巨大的人员伤亡和财产损失,在夜郎学院帮忙的各路人马,被调走了大半。

家长们组成了一个联盟,所有家长聚集在一起抱团取暖,惠珊看了很是心疼,拿了一些军用口粮发放给他们。

窃叹的房间

我们也很饿，这一天的工夫下来，各种惊吓，加上高度紧张，早就让我们饥肠辘辘了，一些女学生贡献了自己所有的零食，但是加起来也就只够每个人吃一口。储教授动员我们，在整栋楼的范围内进行物质的收刮，终于在8楼的教师办公室里，发现了两袋面包。

我们目前并不缺水，因为每一层楼的拐角处都有一个饮料贩卖机，8楼的已经被我们砸了个稀巴烂。我们就着饮料吃着面包，勉强吃了一顿，可是眼下这剩的量，也坚持不到明天了。这粮食问题，还是不能解决。

袁贵人突然一个激灵，说道："我知道哪里有吃的了。"见大家把目光都投向她，她乐呵地说："宿夫楼顶楼是什么地方？"

这宿夫楼建的时候出了个乌龙，当时校长图好看，选了中国风，都快修好的时候他突然又不乐意了，想用欧式建筑那种封顶，最后修到一半发觉太违和了，又回心转意，原本欧式的封顶装饰，就隔成了两间小仓库，后来租给了学校的零食杂货店。所以那里的吃的，肯定不少。

我心说这个学校也真是安排得够乱。

听她这么说，我意识到我们还是得去爬那个连廊，不由得心里一紧，那多危险，万一今天那位老神仙一看见又以为我们想跑，得嘞，把我们往天上一拖，这小命就没有了。

"怪了，"这句话是从储教授嘴里说出的，我们不知所云地看着他，只见他眉头紧皱，喃喃道，"这就太奇怪了。"

牙子听见了，问他这话从何说起。

储教授抬起头来问我们："从事情发生到现在，宿夫楼那边怎么一点动静也没有？"

9　彼端

的确，我之前也好奇来着，不过当时不是讨论这些的时候，我就没有说出来，现在储教授这么一说，我也随声附和。

从事发到现在，时间过去了半天，宿夫楼正对我们这一面的所有教室，包括楼梯口和阳台上都没有出现过半个人影，就好像那边压根儿没人一样。

按常理来说，发生了这种事，而且我们仁安楼还垮了几层，弄出了这么大的声响，总会有人好奇跑出来看看。但是他们那边对于这些事直接不予理睬。

我觉得很违背常理，就问储教授："你说有没有可能是你记错了，宿夫楼那边根本就没有考试。"

他忙说不可能，因为监考前他还特意看了表上的考场安排，同一时间段就只有两场考试，一场是我们这里，一场就是化学系的实验考察，所以他很肯定那边绝对是有人的。

我们又把问题的风口转回了眼前的事上。

那个女孩，自从母亲遇难后，就一直在和父亲通电话，现在又说到了伤心处哭起来了，哭了两声不哭了，只见她对着那头叫："喂？说话啊！爸！喂喂？"再看手机，右上角红灯闪烁屏幕一黑，没电了。

我一瞧，突然脑补了一个场景，要是这惠珊他们派来救援的飞机没能把我们救出去，我们的手机又都没电了，这一来就真的和外界断了联系，成了孤岛了。这个念头一冒出来，再看看身边时不时和家里人发着短信的学生们，我心一凉，急忙给他们都灌输我刚才的想法。

他们一听也吓得不轻，看了看自己的手机电量，后怕得出了一头冷汗。

牙子提议，大家先给家人说一声情况然后关机保留电量，所有人只留一个手机负责和外部通信，等这个人的手机电用完了，另一个人再开机，这样我们可以最大限度地保持和外界的通信。我们都觉得这是个好办法，最后留下了两部手机维持开机状态。

一转眼，天色已经黑透了，中途警方给我们来电，由于那飞机失事直接毁了半个小区，人员伤亡太大，现在警力和消防力量严重不足，再加上之前的几桩事故，他们还要找专业人士再做商量，做好计划才能进行，所以我们的救援计划会稍微往后推一些，具体时间会再通知我们。

与此同时惠珊也在努力，她很担心我们，决定出动战士帮忙。但上级不允许她再自作主张浪费人力、物力，并且老邱家属也在打官司，上头让她这些天不要抛头露面的，以免再生出什么是非，官司就更加麻烦。

就这样，事情发生仅仅7个小时以后，我们暂时被抛弃了，没有救援行动，没有物资帮助，我们就这么待在这儿，在众目睽睽之下，自生自灭。

我们之前找食物的时候，储教授吩咐如果找到绳子、火机等觉得派得上用场的东西都收集起来，一番收寻倒也弄来了不少。夜色渐深，为了照明，我们摔坏了教室里的桌椅当柴火，学生们把贩卖机的铁皮拆下来裹成了一个桶，再拿几张试卷当火引，这样很快我们有了一堆篝火。

众人围坐在一起。按理说这楼在这么高的地方，周围又没东西挡着，风应该很大，在游乐园坐摩天轮到了顶，那风声连说话都能盖住，更别说这里。可是它偏偏一丝风都没有，就好像周围被砌了高墙。我知道牙子聪明，后悔当时没听他说，就抛砖引玉地说这儿怎么没点风，闷得要死。

牙子中了招，抱怨着说他早就发现了，责怪我不听他说话，我连赔不是，之后又把话题转到了食物问题上。

储教授觉得如果救援行动拖上两三天，那个时候绝大多数人都已饿得半死了，就算那个时候再决定去宿夫楼取食物都已经晚了，那点体力根本不够爬过去，说不定在爬连廊的途中就饿晕摔下去了。

所以他建议，干脆明天一大早，趁所有人都还有力气，全体爬到宿夫楼。

袁贵人恐高，听她老爸这么一说，面露难色，她建议只去几个人拿食物，然后带回来。但是商量一番后，大家都觉得这个方案不可行，一来这连廊本来就是搭着好看的，建的时候也没考虑要承重，质量不能保证，你从上面过一次没事就阿弥陀佛了，还要来回。二来这样也拿不了多少东西，万一我们待的时间长还要多次来回拿，那又回到了第一个问题上，不安全。最后大家达成共识，决定明天进军宿夫楼。

地面上，搭起了大大小小的帐篷，一些有远见的记者判断这里一定还有很多猛料，索性也不到处跑了，就在这里安营扎寨，吃着方便面，目光时不时对着天上瞅瞅，手也随时放在相机快门上。

学校保安也乐呵，他找到了生财之道，这一天的方便面和白开水卖下来，相当他大半个月的工资。

在学校的招待所里头，胡子和林教授吵开了。

前者急头白脸地把袖子一撸，一拳头砸在一台仪器上："老林你也忒不是人了,这张哥哥在上面待着可不太好受啊,惠珊人微言轻权限不够,您老还不能说几句话吗?凭啥他们说救不得就不救了,你这种不问不顾的态度实在不够仗义。"

林教授也不吃素,老脸腆了半天也还是挂不住了,回骂:"就你还做学术,你这莽夫学多少都是白学,那人要是这么好救还用得着你在这里瞎咧咧,邱海洋当时在洞里你怎么不救?你这么仗义你跳下去啊!"

"哎,你这是偷换概念,老林我告诉你……"

"行了,你看这个!"老林不想多费口舌,想着胡子虽然莽,但也不是小人之辈,就拿出了一份保密数据,放在胡子面前。

图上是一个波峰比量图,比值写着二比一。这张表胡子还能看得懂,惊讶地说不出话,吹着胡子盯着老林说:"这简直……"

我睡眠浅,第二天凌晨5点就醒了,我起床的时候天刚蒙蒙亮,这地方云层厚,所以光线浑浊。我们一行人睡在厕所旁,这还是袁贵人想出来的,她说厕所管道多,结构复杂,相对来说稳定一些,万一我们睡觉的这半夜,这楼又塌了,这里好歹还安全一些。

其实我有点佩服这个小姑娘,虽然像储教授说的那样她有些懒散随性,但是头脑灵活、思维敏捷,有时候也语出惊人。

我起床之后又过了两个小时,所有人都醒了,同时天也大亮了,就是这个时候,我们发现了一个奇观。

昨天刚上升到这个高度的时候,周围还没什么云,后来到了晚上也看不清,而现在,我们正处在一团浓密的云团正中央,被包裹着。我们这才明白牙子说的意思,只见这距离阳台一米远的地方,房屋外所有的云雾就像固体一样被从这里切开了一个剖面,平整地展现在我们面前,好像有一个玻璃片竖过来挡在中间一样。再去观察，这其他地方也都如此，这整个房屋周围都被一个看不见的"膜"给封装了起来。

惊讶过后，储教授准备好了我们"长征"的工具，叫我们动身前往宿夫楼。

连廊在8楼小会堂的通风口位置，我们要爬上去，还要先爬到会堂的窗子外，顺着管道爬个大约2米的距离。为了安全，我们决定拿根绳子，一端握在我们手上，另一端绑在爬的人身上，他爬到连廊上松开绳子，等他爬到对面了，再继续下一个人。

可是谁当第一个人成了问题，刚才见到那张"膜"以后，我本能地联想了一下前面那两个被拉上天的人，发觉他们都是穿过了这张"膜"才遇难。而现在我们看见那连廊的位置，那张膜正清清楚楚地被云朵勾勒出来，这两天的玄乎事一加起来，谁都不知道穿过这张膜会遭遇什么。

如果这件事交给我，我绝对怂了，立马老老实实回去待着等警察叔叔来救命，可这决定权不在我，我也不好打退堂鼓。

储教授知道我们在磨蹭，也装傻，问道："谁先来？"

"我！我来！"牙子情绪高昂，非常豪爽地接过了话茬。我一听心说你个臭小子瞎添什么乱啊，要是你这刚一穿过去就给飞走了，等我们真被救了，你妈问我你在哪儿我怎么说，在和嫦娥喝茶呐？她老人家不抽死我。

我正要想办法让他别胡闹，储教授一声："好！是条汉子！"然后同学们响起了掌声。这回好了，骑虎难下。他自己都没什么怨言，我要再插嘴难免就成了那个啥了。

我给他扎扎实实地捆了好几圈绳子，一边捆一边骂："你说你这是哪根筋搭错了，你没看见那里有个那玩意儿在吗？你到时候过去了，飞不飞不说，要是像飞机那样你一穿前半身没了，

窃叹的房间 | 215

屁股还留在外头,我拿你半个屁股给你妈也交不了差呀!"

他倒是不慌,说:"只要有一个学生在,储教授出于职业道德就不得不穿,他这么一问明显就是在问我们俩,你敢穿吗?知道你不敢,所以我这不给你顶包吗?再说了,我有自信,我总觉得在楼和楼之间穿没啥事。"

就这两句话的功夫,准备工作做好了,在我们的目送下,牙子矫健地一跃,跳到了窗外头,三步两步就爬到了连廊上,距离那个膜,就10厘米的距离。他从兜里掏出来一块黑板擦,扔向了那层膜,过了5分钟,什么都没有发生,那黑板擦没有飞到天上,也没有在穿过那膜的过程中消失,就像穿过一个普通的泡泡壁。

牙子见状,心里也有了底,就准备解开腰上的绳子,我看见他的动作,急了,赶忙对他大喊:"你急什么,你自己先过了这个膜再解也不迟。"他听了觉得有道理。

他穿过去,正要解绳子,突然我手头一紧,心里一惊,说道不好,这绳子,在吃力。再看牙子,正在慢慢向上漂浮,而且这个漂浮的力量就像我们之前看到的那样,是一种无法反抗的绝对力量。我们把绳子固定在会堂的石柱上,绳子瞬间被崩直,把我们这五六个人直接抬了起来,足有千斤力,牙子腰部有绳子,所以整个呈U字形向上弯曲,他绝望地喊:"三丰,求你了,放开。"

想起来之前那男孩的惨状,不忍心看见他也变成那个样子,我铁青着脸对其他人说:"把绳子解开吧。"

绳子解开后,牙子并没有像我们想的那样笔直地就上天了,而是在原地飘了一会儿,给放下来了。

他一看有戏,赶忙直接冲到了对面,向我们招手。

接下来,我自告奋勇地当了第二个,很顺利,从头到尾都顺顺利利地过来了，然后是第三，第四，最后垫底的是储教授。他前面一位是袁贵人，袁贵人恐高，储教授就在她背后护着她，这一开始还好，就在爬到中间的时候，这丫头不经意向下看了一眼，腿给吓软了，使不上劲，软绵绵的骑不稳这连廊上的瓦片。

也不知道她这一瞬间是怎么想的，兴许是觉得长痛不如短痛，居然站起来了，飞奔向我，我一看，心说危险，还没来得及把手伸出去递给她，她就一个脚滑，摔下了连廊。这摔下去的最后一刻，她把手伸向储教授试图抓住什么，可是却很徒劳，我们就这么眼睁睁地看着她摔下去却无能为力。

然而，她并没有摔"下去"，最起码没有摔到地面上，只见她向下掉了大约5米，突然一下子消失了。我们再定睛一看，才发觉，原来这底下也有一层膜，而她正是掉进了这张膜里面，她掉下去的时候，那周围的空气还像石头被扔进水里面时激起的涟漪一样皱了起来。

储教授悲痛欲绝，一个快60岁的人在那里趴着泣不成声，我都怕他一个想不开就这么跟着跳下去，他自己也不是没这么想过，我们看他红透了眼，最后对我们说出："我还有学生。"然后才爬完连廊走到了我们面前。

就在他落地的那一刻，一阵铃声响起，是他自己的手机响了，他拿出手机，上面写的名字居然是：袁贵人！

袁贵人？我一看这个备注，心想他家有几个袁贵人？这问题又不好开口问，储教授也愣住了，愣了几秒都忘了接电话，直到我们提醒他，他才回过神了，按了免提。

那边，正是我们认识的袁贵人的声音，说道："爸爸，我看见……"还没说完，就挂断了，再拨过去，已经关机了，储教授抱着头躲在地上，努力控制情绪，却还是难掩哭腔，说道：

"她昨天就给我说手机没电了。我……"

我同样停留在被震惊的状态无法回神，我惊讶的不仅仅是袁贵人还活着这么简单。我真正惊讶的是，我之前就觉得袁贵人的声音听起来有些熟悉，这次一听，终于知道了出处，这开头的那一声"爸爸"，不正是老邱当时下洞的时候，对讲机里传出来的那个声音吗？

10　错时

惊讶归惊讶，不过看这身边的人，没有谁和我一起经历过这件事，一时找不到分享的对象，就是有，这储教授哭得鼻涕带泪的，说了也不好。

牙子知道现在人情淡漠，见旁边也没个人上去安慰储教授，他看不下去，挺身向前，拿出手机给储教授看："你看看，你从上面爬过来我们等了你多久？你爬过来的这个时间，她如果是自由落体，那距离都可以从这里到大气层了。如果这样也早就死了千八百次了，可她还能给你打电话，肯定就已经平安落地，你甭管她最后说的那话是发现了啥，肯定是好事。"

这番话说得好，有理有据，储教授听了也觉得好像是这么回事，这心里好受一些，勉强站起来扶正了鼻梁上已经吊到半边的眼镜。

一旁几个学生对那层膜特别感兴趣，想到了一些鬼点子，他们扔了一些粉笔盒子、媒体线之类的东西下去，结果都如出一辙，在接触到那层膜面以后，东西就消失了。

看着储教授身上背着麻绳，我心里突然想到了一个好主意，我给储教授说:"你先别急着难过,我现在就给你看看你家小贵人去了什么地方。"

牙子见我目不转睛盯着绳子,好像猜到了我要做什么,忙说:"三丰,这行不通的,这绳子不够长,如果你要从这里放下去只能是单股绳,这样不够结实,万一你一个不小心掉下去怎么办?"

他以为我要把绳子绑在身上,然后亲自吊着下去,说白了我才没这个胆。我哈哈一笑:"你也知道这种举动危险?那你刚才第一个过桥就不危险了?"

见他一时语塞,我接着道:"看你说的,就是有这心我也没这个胆呐,你去帮我找一部手机,绑绳子上,记得打开录像模式。"

这小子听明白了我的意思,我见他两眼睛放光,还在回味,片刻后回神说道:"高人高人,小的醍醐灌顶如沐春风。"他话还没说完就被我一脚踹过去了。他把我的想法给其他人一说,都得到了一致的赞许。

我们把一个人的手机绑结实,设置成录像模式,来回上下模拟了几次,在确定可以看清影像没有问题后,我从手里一点一点地放出绳子,让他的手机慢慢接近那怪异的膜。

之前几次,我还以为那些东西是在碰到这层膜之后,像瞬间移动那样扑哧一下就消失了,事实不是这样。手机和绳子接触到膜以后,它的消失是渐进的,并不是一整个东西完整地消失,而是如同把棉花糖往水里放那样,只要接触到水面的部分都会化掉,剩下的部分仍然留在外头,就像牙子之前说的飞机。

眼看绳子就要放完了,我心里估算着这往下放了也有10来米,差不多能看一个大概,就往上拉,这一拉,嘿,居然纹丝不动。

窈叹的房间 | 219

我连忙叫大家帮忙一起拉，只见我们六七人用足了吃奶的劲也没能奏效，此刻这绳子底下绑的不像是一个手机，更像是一座巨轮，着实拉不动一分一毫。虽说拉不动，但是它也不吃力，我手上的重量也还是一条绳子的重量，准确来说，这绳子更像是卡住了。

我试着又放出去一小段，那头不由分说就笑纳了，根本不加干涉，放的过程里我趁机拉了一次，每次都立刻卡死，那边摆明了告诉我，你要来，大大地欢迎，你要走，休想。

我很沮丧，本以为想了一个好办法，没想到这东西它这么磨人，这样不仅得不到袁贵人的情况，连手机也要不回来了。

可我转念一想，就和储教授商量，索性我们就把绳子割断了，等这个手机掉下去，没准他女儿发现了，还能用来与我们联系。他同意了。

我们尽可能地把切割点往下，得以保留了更多的绳子，弄好了这些事，我们这才开始好好留意我们到的这个房间。

这应该也是一个实验室，在教室两边的实验台上面还有一些器官标本，另外我们站的地方有着一台仪器，上面挂着秤砣连着钢丝，底端有台光学仪器。

储教授观察了一下这个教室，确定我们已经到化学和生物的实验室楼层，他记不清化学系的实验考场具体在几楼，那表也随着当时的塌方弄丢了。但是他大概知道，那位置离我们不远，也就这层楼和楼上两层楼，说罢带着我们出门去找出事时化学系的考场。

出了实验室，我觉得有点不对劲，这走廊上面也太乱了，就好像每间屋子都经历过大扫荡，打碎的玻璃罐，标本，满处都是。墙壁上面敷着一层褐色粘液，我脚下一没留神，踩到了什么东西，再一看，居然是一堆排泄物，看样子还是新鲜的。

我觉得这眼前的景象也太离谱了，牙子也没忍住发问："你们这实验楼和我想的不一样啊，就这个环境你们学校都不管一下吗？那便是经历了这种事，没个一年半载也成不了现在这样。"

储教授心里郁闷，他前天才来过这个地方，这一夜之间怎么变成了这种样子？

我们顺着这一路的垃圾，走到了长廊尽头，宿夫楼的结构和仁安楼大同小异，只是厕所和阳台的位置相反。

长廊的尽头整齐地摆放着一些桌椅和仪器，眼尖的几个人发现，这些仪器大都是一些金属仪器，被人为破坏改装过，特意打磨成了一些像武器一样的尖刺。左右两旁的桌椅被堆起来有墙那么高，中间的墙之前应该也是这样的，但是不知道什么原因垮掉了，碎开的木头渣渣散了一地，仔细观察，发现这地上到处都是大块的褐色斑圈，像极了干涸的血迹。

我大胆地推测了一下，没准之前他们把这桌子堆成这么高的一堵墙，是想挡住什么东西，但是最终没能挡住，如果这样说来，那么现在这东西就在我们上头。

其他人不一定都想到了这一层面，但是这满地血斑也告诉了他们一个信息，就是这地方很有问题，几个人也就打起了退堂鼓。

姬佳莉是大户人家长大的女儿，没见过这么恶心的场面，心里受不了，本来就没吃多少食物，这下胆汁都吐出来了。

这时楼上传来了脚步声，这声音一响起来，所有人心里一沉，总觉得不是什么好事情，姬佳莉没注意情况，自顾自地哇哇大哭，我也顾不得恶心了，用手直接捂住了她流着哈喇子的嘴。随着脚步声越来越近，我们都屏住了呼吸，过了一会儿，脚步声已

窈叹的房间 | 221

经相当近了,我可以感受到人就在我们这一层楼的楼上,突然脚步声停下来了。

短暂的沉默后,那边开口了,打破了这压抑的气氛:"储老师吗?是你们吧?"

储教授一听,绷紧的身躯松懈了下来,长出了一口气,道:"刘校长啊,你下来也不先通口气,你要吓死我们。"

"你们?你们还有多少人?"刘校长也不露面,就这么待在我们看不着的地方,隔空对话。

我觉得有点诡异,插话问道:"刘校长,你们这里是发生了什么?怎么成了现在这个样子?"

刘校长沉默了一会儿,也不回答我的问题,问道:"你们怎么过来了?"

储教授回答:"我们的救援任务推迟了,我们怕待的时间长,没有食物,就过来准备去仓库拿些东西吃。"说完,他想到了什么,问道:"老刘你们吃的够吗?和地面联系了没?"

又是好长一阵沉默过后,刘校长终于舍得挪动身子,从楼上走下来,暴露在我们面前。

我观察了一下这个人,浑身上下破破烂烂,衣服裤子没一个地方是完好无损的,面容憔悴,身体消瘦,手臂上的青筋暴起,眼睛血红血红的。

刘校长的眼神在我们这群人身上游走了一圈,忽然露出了一个笑容,说道:"怎么都这么紧张?我这不想给你们一个小惊喜吗!"

他话虽这么说,但是我们不觉得这是一个惊喜,仍然心有余悸。也就只有储教授还在和他搭话:"老刘,你这一天的时间,怎么瘦成了这样?"

刘校长没有正面回答他，只是说道："天天吃垃圾食品，能不这样吗？"又对着我们说，"上来吧，吃的东西还很多。"

刘校长带头，我们跟着储教授顺着那堵墙的缺口往上走，走到了9楼，刘校长拐进了挨着楼梯口的第一间教室，给我们介绍了一下，就好像我们是从国外来的旅行团一样。

他也不管我们爱听不爱听，自己沉浸在讲故事的喜悦里："你们看这教室，我连考场名单都还贴在这门上。当时事发的时候我们都在考试，一个学生提前考完走人，先是发觉电梯失灵，就去走楼梯，走两步发觉不对劲，就把头伸出去这么一瞧，我们就这么卷入了这件事……"接着，他说了很多他们的经历。

因为无法和外界联系，所以他们每过一天就在墙上划一条杠来记录时间，他起初还照常给学生们上课，当时一同的还有几个监考老师，他承诺，学生们在这里学到的东西做数，出去就直接跳级。

我越听越不对劲，再结合他的衣着，好像明白了什么，我问他："等等啊，刘大哥，你说你们记录时间，还上课？这事情发生到现在还没有24个小时，你们就做这些规划，心态也太好了吧？"

刘校长不恼反笑，说道："24个小时？你开玩笑吧，我说你们怎么还这么干净，果然猜得不错，小子，我告诉你，我们已经在这待了整整两年了！"

如果不是老邱那件事做一个基础，我是不会相信他这句话的，可是再一结合这里发生的种种，这个说法又成了最合理的解释。

牙子也趁机问他："那你们楼下修的那墙一样的东西是怎么回事？"

窃叹的房间 | 223

刘校长听到这个，好像陷入了极为痛苦的回忆，似乎很不愿提起，但是看了看我们殷切的眼神，还是松了口："哦，那个呀，确实是一个防御的屏障。"

我们一听忙追问他这是用来防什么的。

他见我们求知欲如此旺盛，拗不过我们，只得换了口吻说道："这样，你们先去吃着东西，休息休息，我们边吃边说。"

说完，出了那个教室，继续上楼，这一路走过来，路上都是些脏东西，姬佳莉一路走一路吐，等她再也吐不出东西，我们也到顶了。

顶楼是他们的主要休息区，在这里我们也见到了其他人，他们大多也和刘校长一样，身体精瘦，皮包骨头，最主要是，面无生气，人虽然多但是却死气沉沉，空气里弥漫着一股刺激味。

刘校长招呼我们到一间教室坐下，教室里有一张由很多小课桌拼接起来的大长桌，桌上有一些食物残渣和菜汤印，都浸到桌子里去长了霉。刘校长手拿一根棍子，刮下了霉，算是对我们这些贵宾的优待，然后让我们坐，他去让人拿吃的。

几分钟后，我们每个人都得到了一个煮熟的肉罐头，我心里奇怪这里的人和佳丽他们一样是学生，怎么一个个老老实实的半句话都不说，像奴隶一样。

不过肉罐头的香味，让我暂时失去了理智，再也控制不住我这张嘴，狼吞虎咽地吃起来。

酒足饭饱以后，刘校长继续给我们说起了刚才还没说完的故事……

也许事情刚发生的时候，并没有什么不同，他们和我们都一样，但是 1 分钟后或者 10 分钟后两边的时间轴就错了位，时间线也开始以一个诡异的形式被分开。

也许我们那里仅仅过了一个小时,他们这里已经过了一个月。正如他所说,一开始,他试图控制局面,等待营救,可是漫长的等待过后,所有人都失去了信心,时间过了很久仍然没有任何部门发现他们,没有任何东西改变他们的生活,他们一天一天地重复等待。

终于有一天,一个老师放弃了等待,而是把精力集中在另外一个问题上,他开始思考:怎么样才能在这个地方生活一辈子?食物和水的问题怎么解决?

他把精力集中在这个问题上以后,再看着仓库里储存的食物,忽然觉得这么点吃的实在太少,就是他一个人,吃上一辈子也不够吃的。

就这样,他找到了几个自己最信得过的学生,给他们灌输了自己的理念以后,凭借着他们那股势力,带来了一个灾难。

他们暗中准备了一些武器,密谋了一段时间,在一天深夜,发动了一场为了食物展开的争夺战。趁着刘校长守仓库的时候,他们杀害了很多正在熟睡的男生,然后又冲到了仓库挟持了刘校长,同时也叫醒了其他熟睡的人,他们把杀死的男生的尸体往地上一堆,宣布,从此以后,这上面一块就是他们的地盘,没有他们的允许,谁也不准上来,并且刚开始还承诺会定期发放食物,可是后来压根就没有兑现。谁不服气只要一上楼,几分钟后尸体就从楼上扔下来了。

不过他们有时候也需要一些其他物资,拿不了就抢,什么衣服、柴火、金属都是抢的目标。

有一天,刘校长一行人也饿得受不了,决定反抗,心想拼个鱼死网破,于是就在一个夜晚连夜修起来了那堵"城墙",等待着他们下一次来骚扰的时候,殊死一搏。

就这么等了许久,也不见他们下来,又过了两天,上面一点动静都没有。事先谁都没有想到这个情况,这种事以往是从不曾发生过的,他就带了几个人悄悄上去勘察,结果这一上去立马傻眼了。

这人,全都不见了。